CAO TANG

有温度有质感的大唐风骨
有颜面有尊严的当代诗歌

顾　　问　吉狄马加

主　　任　梁　平　杨晓阳
副 主 任　张新泉　李　怡
编　　委　尚仲敏　姜　明　陈海泉
　　　　　赵晓梦　凸　凹　彭　毅
　　　　　李明政　千　野　李龙炳

主　　编　梁　平
执行主编　熊　焱

副 主 编　李海洲（特邀）
编辑部主任　桑　眉
美术总监　宋　旱
责任编辑　程　川　蔡　曦
发稿编辑　吴小虫　林　栖　舒　展
责任校对　蓝　海　安　素

出版发行　四川文艺出版社（成都市槐树街2号）
网　　址　www.scwys.com
电　　话　028-86259287（发行部）028-86259303（编辑部）
传　　真　028-86259306
邮购地址　成都市槐树街2号四川文艺出版社邮购部　610031
印　　刷　成都市新都华兴印务有限公司
成品尺寸　185mm×260mm　　　开　本　16开
印　　张　6.5　　　　　　　　字　数　160千
版　　次　2022年04月第一版　印　次　2022年04月第一次印刷
书　　号　ISBN 978-7-5411-6289-3
定　　价　15.00元

投稿 / 联系邮箱：ctsk2016@126.com
电话：028-61352760/86640163
地址：成都市锦江区书院西街1号亚太大厦7楼草堂诗刊社

图书在版编目（CIP）数据

草堂.第68卷 / 梁平主编. -- 成都：四川文艺出
版社，2022.4
　ISBN 978-7-5411-6289-3

Ⅰ.①草… Ⅱ.①梁… Ⅲ.①诗集-中国-当代
Ⅳ.①I227

中国版本图书馆CIP数据核字(2022)第034431号

Contents
目 录

2022-04（总第68卷）

[封面诗人]_4
卢卫平_我渐渐接受了我的平庸（组诗）
卢卫平_骑马找马
张厚刚_面向存在展开的"平庸诗学"
　　　　——评卢卫平组诗《我渐渐接受了我的平庸》

[实力榜]_16
王若冰_西北以西（组诗）
徐南鹏_一天短暂，欢喜就好（组诗）
黄　芳_像盲人看见镜子里的自己（组诗）

[非常现实]_29
柳　燕_山顶（组诗）
胡兴尚_大地缝合着静默的背离之心（组诗）
张怀帆_一个小人物的灯（三首）
李　浩_假面舞会
梅里·雪_众生如雪（组诗）

[最青春]_ 41
谈　骁_像我这样的人（组诗）
蒋艾历_我唯有两件事可做（组诗）
卢三鑫_山下问童子（组诗）
许桂林_春天之囚（组诗）
杨　麟_绝句，及其他（组诗）

[多棱镜]_ 52
诗歌的荣耀（上）：向着天空和无限
　　——吉狄马加《火焰上的辩词》新书首发及分享场记

[中坚]_ 67
杨　子_我的未来在传送带上（组诗）
沈天鸿_一个孩子在安静地玩耍（组诗）
何　苾_享受宁静（组诗）
蒋　蓝_月光为黑暗中的事物赋形（组诗）
赵卫峰_多年以后到墓园（组诗）

[大雅堂]_ 81
木　叶_望江路诗章（组诗）
姚　彬_生活的小样（组诗）
麦　豆_表述（组诗）
梁尔源_大象睡美图（外一首）

朱　涛_我感激命运让我认出你（外一首）
陵　少_南礼士路的春天（外一首）
于海棠_傍晚篇（外一首）
毕福堂_最初的石头（外一首）
高作苦_南海来信（外一首）
熊游坤_结籽的植物参透人生（三首）
周南村_在地铁上
温　度_西斜
胡仁泽_填空题（组诗）
程杨松_在丰台，与一场黄昏对峙
依　凡_半个翅膀（三首）
张牧宇_白色旅馆（外一首）
蒲保杰_家里的燕子（外一首）
王德才_一盏灯陪着父亲
王国荣_日子
逍　遥_深秋的路
王富祥_木纹
森　森_石斛兰
狄　芦_泊宁公寓楼下的王春霞诊所（外一首）

[子美逸风]_101
陈鸿波　刘斌　方矢

[封三·书画]
行书鲁迅文《墓碣文》节选／欧阳江河

封面诗人

Featured poet

Cao Tang

我渐渐接受了我的平庸（组诗）

◎卢卫平

[车站]

一个四等小站，你来送我
没有象征，也没有隐喻
此时下雨，滴在你脸上
与你的眼泪无关
此时有一片落叶，从我的头顶
飘过，与我年过半百
仍在漂泊的身世无关
此时风吹起你蓝色风衣的
衣角，与你说一路顺风无关
此时送别亲友的人流
淹没你挥动的手臂
与你曾在人海的旋涡中
将一个人的回头当成
救你上岸的稻草无关
此时候车大厅的电子屏上
不停闪动晚点三分钟
与你的挽留无关
火车朝发夕至
与我说过的我的愿望
就是在人生的落日时分
我们还能重逢无关
我们在清晨告别
与你说过的你的前程
需要更多的时间去奔忙无关
你到车站送我，你来车站接我
除此之外，我不需要赋予车站
其他的意义

[墙角的落叶]

有刺槐树叶苦楝树叶
有泡桐树叶红枫树叶
它们聚集在一面土墙的墙角

风在高处吹
叶往低处落
是风一天比一天凉
让这些不同树上的叶子
在归根前簇拥在一起的
我只要在它们面前停下脚步
就能听见它们在说话
像儿女们到了武汉
深圳和东莞后
村里的老人聚集
在祠堂的屋檐下
说长道短

[纵 横]

我一介书生
性情柔弱
悲天悯人
我只在写别人时
常用纵横驰骋
纵横捭阖
纵横天下
这些与纵横有关的词
我第一次为自己
用到纵横这个词
是一年夏天
我在一座城市迷路
这座城市的立交桥
纵横交错
让我分不清南北西东
写这首诗时
我再次为自己
用上纵横
想起半世的风霜

岁月的犁耙
在我脸上留下
一垄垄皱纹的沟坎
我老泪纵横

[大海的拆迁]

我住的房间在峭壁之上
峭壁下就是大海
从夜晚十一点起
货轮的汽笛声熄灭
捕鱿船上刺眼的灯
像无声的电焊光
在焊接海水和黑暗
我听到巨大的涛声
撞击岸边的礁石
像挖掘机用它的长臂
拆迁旧城区老房子时
一面面墙扑倒在地的声音
大海将在我的睡梦中拆迁什么
第二天早晨醒来
我拉开窗帘
看见拆迁了一夜的大海
更加辽阔蔚蓝

[我渐渐接受了我的平庸]

我渐渐接受了我的平庸
正像我早已接受了我的卑微
我的忙碌是暴雨前搬家路上
一群蚂蚁的忙碌
我的喜悦是阳光照进书房
我看见阳光里舞蹈的尘埃的喜悦
我不再在潮水退去时回旋在

沙滩上长长的拖音里听见焦虑
也不会因雷的愤怒
在深夜去寻觅迷失在乌云里的闪电
平庸是我熬制半生的红糖
终于在我接受它时包裹住了
一粒粒失败的苦药
平庸的平是平和的平平安的平
平凡的平卢卫平的平
平庸的庸是庸常的庸中庸的庸
庸众的庸毋庸置疑的庸
我渐渐接受了我的平庸
正像我早已接受了比我更平庸的人

[记忆练习]

翻一本旧日历
看看那些做了各种标记的日子
画了圈圈的日子，打了勾勾的日子
涂成红色蓝色黄色黑色的日子
那些日子里做过的事现在还在做吗
那些日子里喜欢的人是否还喜欢
那些日子里恨过的人还有多恨
酒越陈越香，但旧日子会在记忆里翻新
我能很清晰想起为什么有几页
日历有深深的折痕
有几页日历在翻动时很容易粘在一起
那些课本里认识的伟大人物横空出世
的日子我再默念一遍
那些生活中遇见的小人物死于非命
的日子我再感叹一番
历史上的今天发生了什么
那些让世界的河流改道的日子
都在岁月的大海翻腾着不息的波涛
我没赶上这样的日子
我因无法去想象这样的日子而心如止水

一年三百六十五天
大多数的日子我都匆匆翻过
一年二十四节气
我只在秋分这个节气上画满泪滴
那是母亲的忌日

[青铜马]

它出土时
身上已生满绿锈
埋在地下两千多年了
它从未停下对草原的想念
这一身的绿
是它将草原披在身上
此刻，我在博物馆看见它
腾空的前蹄
是它在告诉我
时间不会让它停止奔跑
虚无是它永恒的骑手

[漂 泊]

老爸老妈已多年不在了
兄弟姐妹都出来了
回到李家塆
我到哪里吃饭
村里人烟稀少
只剩下老人和小孩
老人不记得我
小孩不认识我
我从村头到村尾
从村东到村西
转了两圈
在老枫树下
和很多年没有
转动的石碾
自拍了几张合照
就回来了
进城四十年后
返乡成了无处落脚的
漂泊

[迷 失]

庄周在梦里的一次迷失
一只他自己变成的蝴蝶
飞了三千年没找到
这只蝴蝶梦里的庄周
在武陵人的迷失里
仿佛若有光
陶潜找到了桃花源
在最后一个音符的迷失里
一场音乐会
找到最持久的掌声
沉默是声音的迷失
我在这迷失里
说出了我最想说的话
闪电迷失在乌云的瞬间
雷声响彻天宇
在写一首诗时
词语让我在意义的词典里迷失
为了神来之笔的降临

[父亲和雪]

父亲一辈子都在盼望
每年冬天下几场大雪
父亲说冬天不下雪

明年吃什么
好像雪就是大米和面粉
雪化了就是这些大米
和面粉渗进泥土
父亲所有的劳作
就是用犁耙和锄头
将泥土下的大米和面粉
精耕细作出来
化雪后稻田结冰了
父亲说这是一面面镜子
能照见一个好收成
父亲一辈子没说过瑞雪兆丰年
瑞雪只落在诗里
落在纸上
落在书面语里
父亲只会说土话
说土话的父亲一辈子
都在盼望雪落到土里

[鸽子]

一只鸽子
从树上掉下来
道听途说的人
围着奄奄一息的鸽子
高谈阔论
指桑骂槐
幸灾乐祸
怨天尤人
唯一的目击者
沉默着
在人群中寻找
身藏弹弓的人

骑马找马

卢卫平

写诗，就是骑马找马，就是骑着一匹马去找另一匹马。

我骑着的马，是一匹平常事物的马，日常经验的马，是一匹生活中随处可见的马，是一匹老马识途的马。

我要找到的另一匹马，是一匹什么样的马，它会不会成为只有我才能找到的马，我骑在马上冥思苦想。为找到这匹马，我的第一堂课，就是去唐诗宋词中看看李白杜甫白居易苏轼辛弃疾们找到的马。李白的"挥手自兹去，萧萧班马鸣"，杜甫的"皮干剥落杂泥滓，毛暗萧条连霜雪"，白居易的"乱花渐欲迷人眼，浅草才能没马蹄"，王维的"雪尽马蹄轻"，高适的"为惜故人去，复怜嘶马愁"，李贺的"向前敲瘦骨，犹自带铜声"，苏轼的"竹杖芒鞋轻胜马"，辛弃疾的"鞭个马儿归去也，心急马行迟"，陆游的"夜阑卧听风吹雨，铁马冰河入梦来"。唐诗宋词的疆域辽阔，万马奔腾。千百年之后，这些马遥远的嘶鸣和嗒嗒的蹄声仍在我大量的新诗阅读中清晰地回响。臧克家的《老马》："背上的压力往肉里扣／他把头沉重地垂下……眼里飘来一道鞭影／他抬头望望前面。"牛汉的《汗血马》："流尽最后一滴血／用筋骨还飞奔一千里／／汗血马／扑倒在生命的顶点／焚化成了一朵／雪白的花。"周涛的《野马群》："兀立荒原／任漠风吹散长鬃／引颈怅望远方天地之交／那永远不可企及的地平线／三五成群／以空旷天地间的鼎足之势／组成一幅相依为命的画面。"郑愁予的《错误》："我打江南走过／那等在季节里的容颜／如莲花的开落……我达达的马蹄是美丽的错误／我不是归人，是个过客……"布罗茨基的《黑马》："它仿佛是某人的底片／它为何在我们中间停留——它在我们中间寻找骑手。"这些古今中外的马，因为诗人和他的诗，成了名马，成了永远的马。这是隐喻的马，意象的马，联想的马，象征的马，反讽的马，夸张的马，矛盾修辞的马。这是陌生的马，多义的马，丰富的马，复杂的马，形而上的马。但这些诗人用诗艺找到的马，是马本身吗？是我要找的那匹马吗？我如果也是这样去找马，我找到的只能是一匹模仿的马，似曾相识的马，约定俗成的马，抽象的马，符号的马，白马非马的马。

我要找到怎样的马，就是我要写怎样的诗，就是我要怎样去写诗，怎样去面对和说出在我眼前的事物。在我和事物之间，会不会因为象形文字天然固有的形象，遮蔽了事物的现场和本来的面目，就像穿上迷彩服的人隐藏在草丛中，就像戴了面具的人在舞台上手舞足蹈。在我骑的马和我要找的马之间，有太多的因为歌咏马的诗所赋予马的纷繁寓意，而让我看不见我要找的马的存在，只看到马代表的文化符号。看见马失前蹄，就想到所遭遇的挫折。看见一马平川，就想到人生的快意。看见悬崖勒马，就想到浪子回头。看见肥马轻裘，就想到了生活的奢豪。看到驴唇马嘴，就想到前言不搭后语。当这种言此即彼，顾左右而言他成为一种习惯的言说，成了某种寓言的表达，马就从我的眼睛里隐退了，只在隐喻象征意象反讽中呈现，而这样的呈现，事实上是一种遮蔽，于是就让指鹿为马成为一种可能，于是有不少人用词语建造诗歌的乌托邦，让黄金在天上舞蹈，让夜莺在玫瑰里歌唱。我要找到的马，是去蔽存真的马，是在大地上奔跑的马，是我能看见马尾上有野花瓣的马，是我能听到蹄声和鼻息的马，是以本来的面貌存在于自然之中的马。我是在看见一朵花开不再写春天的温暖，而是写没人看见这朵花，这朵花也要开放时，我才看见了为我的诗而开的花。我是在看见苹果树上硕果累累不再写丰收，而是写这些苹果是怎样在黑暗的泥土中沿着树根树干跑到枝丫上的奔跑声，苹果红红的脸上薄薄的一层霜，是苹果追赶阳光流出的汗的痕迹，我才看见真实的苹果。我是在看见一条河不再写生命的川流不息，而是写河水经过怎样的教育才能把河床上一块棱角分明的石头打磨成一枚圆润温顺的鹅卵石时，我才看见我的河流。我是在早晨的上班路上看见一个人对我微笑不再想到明媚的朝霞，而是想到这个经常在早晨对我微笑的人，为何在我的梦里总是满脸愁云，想到这里时，我才看到这个人。看山是山，这是山的原初面相，看山不是山，这是山被文化符码、寓言象征遮蔽成山外之物，看山还是山，这是我希望在我的诗中呈现的被我看见的山，这时的山是本来的山，更是和我相看两不厌的山。生活中有无数微小如针尖麦芒的事物能让我看见庞然大物，像我在一滴黎明的露珠里看见黑夜的沉船。我眼前有太多看似真相大白的事物背后藏着新的秘密，像我看见一只老去的乌鸦在小乌鸦飞舞时用迟钝的尖嘴梳理自己翅膀上稀疏的羽毛。我在我的诗中，要让被传统的意义遮蔽的事物回到事物本身，要让被遗忘的无意义的事物，因为我的诗，有了存在的理由和权利。我用眼睛去看这些事物，用耳朵去听这些事物，用我所有的感官去感知这些事物，让这些事物因为细节而纤毫毕现，让这些事物因为记忆和经验活灵活现。我写的每一首诗，都使我置身于存在的现场，处在事物的当下状态，在我与事物之间建立直接的对话，客观地说出事物和存在的本然状态。

我骑马找马，我找到的马，就是我正骑着的马，我也是我骑着的马要找的骑手。

面向存在展开的"平庸诗学"

——评卢卫平组诗《我渐渐接受了我的平庸》

◎ 张厚刚

卢卫平的组诗《我渐渐接受了我的平庸》所体现出来的"平庸诗学",意味着与以往的"崇高诗学""宏大诗学""英雄诗学"的决裂,当放弃了外在的"英雄情结"之后,开始接受自己的平庸,恰恰是自我内心强大到一定程度的产物。也正是基于此,一个人才能抛开虚浮的情绪,自己成为自己,自己不再受外力虚夸的蛊惑,成为自己命运的主宰。"平庸"一词,在《现代汉语词典》中解释为:"寻常而不突出;平凡。"在中国传统文化中,崇尚建功立业扬名立万,崇尚自强不息不断进取,对于"平庸"的认知,大体上是倾向于贬义的,"平庸之子,无英华可以自见,无名誉可以震俗"。诗人在此宣称"我渐渐接受了我的平庸",是一种可贵的自省。"接受平庸"恰恰是,自己回到了自己,自己与自己和解,只有"我"才是恬然澄明的"在者"。

卢卫平在他的一则诗论随笔中谈道:

维特根斯坦说,看见眼前的事物是多么难。眼前的事物,因为在眼前,常常会司空见惯,视而不见。眼前的事物,因为在眼前,很多人往往不屑于再看一眼。一个中国诗人,一下笔就写西伯利亚的寒流,就写乞力马扎罗的雪,就写天上的黄金,就写神和主,让你一睹就云里雾里的。面对这样凌空高蹈的诗人,我们要提高警惕。

诗歌写作中的"凌空高蹈"并无不可,但对于"眼前事物"的看见,却是"难"的。这种"难"呈现为"自我"被意义绑架,被外在事物劫掠,难以让"眼前的事物"自己呈现自己。

《纵横》一诗中，"纵横"一词一般都会想到"纵横天下""合纵连横"的宏大气势，但作者在这首诗中自我定位于"一介书生／性情柔弱／悲天悯人"，当然这就与上述提到的"纵横"毫不沾边，自己对自己也用上了一词"纵横"："老泪纵横"。"想起半世的风霜／岁月的犁耙／在我脸上留下／一垄垄皱纹的沟坎"，这泪水既有对过往沧桑的伤悼，也有对自我伤情的安慰。在时间的风霜中，安慰自己对于宏大"野心"的收息，有一种人事苍茫的失落感的自嘲。

"漂泊"是卢卫平诗歌中的重要意象，涉及这一主题的有《漂泊》《车站》《墙角的落叶》，从个人身世来看，卢卫平从故乡红安李家塆一路展开自己的生命进程，漂泊到南粤。父母的离世，使得自己彻底成为故乡的"弃儿"。到自己儿时的村庄，不禁发出这样的疑问："我到哪里吃饭？"只有"在老枫树下／和很多年没有／转动的石碾／自拍了几张合照／就回来了"。读到这里，让人悲从中来。这是一代人故乡情结的缩影。村里已经没人记得"我"，自然也就等于没有一个相识者，也就是说，现在的村民眼里，"我"是一个陌生的异乡客。这种两处茫茫皆不见的孤独无以言表。想找一个故乡人与之合影是不可能了，也就只有石碾这等旧物算是相识，和石碾的合影，总算能寄托乡愁和童年记忆，石碾凝聚了故乡、岁月、亲情和流失的自己，是温情的见证。诗中的"我"是孤独的，甚至连与石碾的合照都是"自拍"的。至此，诗人的情绪接近于爆发："进城四十年后／返乡成了无处落脚的／漂泊"。而作为一首送别诗的《车站》，"被送者"是"我"，送者是"你"。地点是一个"四等小站"。在这样的送别场景中，诗人展开自己的诗歌手段，最终诗歌抵达："你到车站送我，你来车站接我／除此之外，我不需要赋予车站／其他的意义"。车站是漂泊者"出走"与"归来"的标志性地点。《墙角的落叶》写大部分现代农村家庭的生活状态，卢卫平本是"打工诗人"的代表性人物，这里延续了他的体察、思考和温情。刺槐叶、苦楝树叶、泡桐叶、红枫叶……这些长在乡村里的叶子，聚集簇拥在"墙角下"，诗中的"我"，"只要在他们面前停下脚步／就能听见它们在说话"，这些陈述铺垫托出"像儿女们到了武汉／深圳和东莞后／村里的老人聚集／在祠堂的屋檐下／说长道短"。"落叶归根"作为安土重迁的故乡情愫，在当下语境中，似乎一无可能。"村里的老人"只能谈论一下外出的儿女。乡村的人们，大多数家庭在空间上是分离的，这也是当下中国多数农村人情感的空间分离状态。

卢卫平写亲人的诗，情真意切，感人至深。《记忆练习》这首诗中，"翻一本旧日历"本身具有回望、检视、反思之意，这些过去的日子中有着无数多的事件发生，而"一年二十四节气／我只在秋分这个节气上画满泪滴／那是母亲的忌日"。诗的题目叫《记忆练习》，但练习的却不是什么关于记忆本身的"技术"，而是关于"母亲"的记忆。这个奇崛的结尾，照亮了诗一开始的絮絮叨叨，通过这样一个"反转结构"，实现了诗歌情绪的爆发。练习的是"记忆",而"记忆"却是"遗忘"的反面,诗人为什么需要通过"练习"才要达到记忆?思念母亲,这人类的普遍情感,对于逝去的母亲的怀念,其本身具有一种对"现世"的一种躲避。《父亲和雪》中父亲盼望"下雪",父亲的一生都与土、与粮食、与下雪有关,"说土话的父亲一辈子／都在盼望雪落到土里"。这样的一位父亲是幸福的,在与父亲一代人的比较中,作为被土地排异的漂泊者,"我"才会对土地心怀强烈情愫。

面向存在展开的"平庸诗学"还体现在对于时间和空间的重新审视和体认。《青铜马》写的是出土的一件文物"青铜马",在这件文物身上,蕴含了诗人对"马"的精神的体认和赞美。"时间不会让它停止奔跑／虚无是它永恒的骑手",作为一件出土的艺术品,制作者把"马"的精神灌注到"物"中,使其自带有精神召唤结构,召唤属于马的本质——自由、奔跑,作为个体的马,当然有其确定的寿限,但作为马的普遍类性,它会恒久持存。作为形式,"时间"和"虚无"都不能改变马作为"类"的普遍精神。而《大海的拆迁》中,"拆迁"作为时代的空间重组方式,已经深深地影响到人的周围环境与精神世界的重构。诗人笔下所谓的"大海的拆迁",只不过是大海"撞击岸边的礁石／像挖掘机用它的长臂／拆迁旧城区老房子时／一面面墙扑倒在地的声音"。"大海的拆迁"的结果是"更加辽阔的蔚蓝"。这里也寄寓了对"拆迁"在其本义上的美好期待。此外,《迷失》这首诗算是一首以诗论诗的诗,从历史文化中看到了"迷失"的符码,庄周的"迷失"、陶潜的"迷失",再到"我"的迷失。"在写一首诗时／词语让我在意义的词典里迷失／为了神来之笔的降临",这是诗人的诗歌语言观:是"词语""让我在意义的词典里迷失"。

《我渐渐接受了我的平庸》一诗,接受了平庸也就摆脱了"焦虑","平庸的平是平和的平平安的平／平凡的平卢卫平的平"。大约二十世纪六十年代出生的人,从小接受的都是"反平庸"教育,当时《中国少年报》的报头上就醒目地印着:"时刻准备着,为共产主义而奋斗!"一个无论处于什么状态下的少年,一想到自己的衣食住行吃喝拉撒都是"共产主义事业"的一部分,谁还会再有平庸之感,以至于这一代人,虽然大都相继步入退休年纪,可每当纵论国际形势,还会激情澎湃。我们甚至可以说,集体主义精神在某种程度上是消灭"平庸"的。平庸是一种权力,是一种生活主张,也是一种生活状态。当一个人接受平庸的那一刻起,不再对平庸抱有恐惧或厌恶,他才从虚幻的迷雾中回归到作为个体的、普通人的状态。集体主义下的平庸祛除,主要是借助于外物的力量。而当认识到自己的"平庸",实际上也就实现了真正个体意识的获得,从这个意义上来讲,也就是克服平庸、超越平庸的起点。从更广阔的意义上看,"平庸"也仅仅是儒家伦理的一种价值观念,每一个生命禀赋不同、遭际不同,都在按照自己的意愿、按照外在环境可能的条件,从生到死占有着一定的时间和空间,也无所谓平庸不平庸。诗人在这里接受平庸,并把自己的名字嵌入到诗中,"平凡的平卢卫平的平",这也是一种自我解放的自信姿态。

　　组诗《我渐渐接受了我的平庸》，所涉及的主题大致可以勾勒出诗中"我"的精神轨迹：童年生活在故乡的村子里，心怀远大梦想，跋涉到城市里，几经打拼，安居乐业，回望自己的故乡，发现已经无法被故乡接纳，生发出一种漂泊感。在城市与乡村的二元生活中，尤其是在精神结构中，故园永远是童年的李家垱。年过半百，开始接受自己的"平庸"。对于个体生命来讲，接受平庸需要力量，是精神强大的明证，也是一个新生，生出一个全新的、内己的自我。

　　卢卫平的诗歌具有强烈的深入现实的干预感，对于城乡二元空间对立中的中国人的精神状态、情感走向，都寄予了深刻的关注。著名诗歌理论家吴思敬这样评价："卢卫平始终在关注着社会的弱势群体，力图用内心充满人文关怀的光芒去照亮世界的暗夜。他的诗歌有相当一部分涉及底层的生存现状。不过，他没有仅仅停留在底层生活场景的展览上。他深知，作为诗歌，面向底层的写作不应只是一种生存的吁求，它首先还应该是诗，也就是说，它应遵循诗的美学原则，用诗的方式去把握世界、去言说世界。"

　　为此，一些诗歌评论者认定卢卫平是一位"底层诗人"或"平民诗人"，这些说法在一定意义上揭示了他的诗写状态，但我更愿意把他理解为一位具有人文主义理想的存在论意义上的一位诗人。卢卫平自己宣称："我的诗歌是向下的。这里的下，是乡下的下，是身份卑下的下，是高楼底下的下，是下里巴人的下……"这种向下的姿态固然基于诗人的人文主义的理想，但这种人文主义理想恰恰是从人的存在展开、从事物的"上手状态"而来的。卢卫平在诗歌中所表达的平庸，已经不再仅仅是伦理实体中的一种道德评价，它更是一种存在论哲学意义上的"无蔽状态"，这是卢卫平"平庸诗学"的哲学底质。

　　在"眼前事物"中寻找精神及其运动轨迹，这是卢卫平的"诗歌生成法"，这也是他的诗学执拗，"把不重要的东西，通过诗歌，变得重要。把没有关联的事物，通过诗歌，变得密不可分。把真相大白的事情，通过诗歌，说出新的秘密。"从事物与其外在关联来看，在意义的世界里，有重要与不重要之分，但事物自身无所谓"重要""不重要"。"事情"的"新的秘密"，隐匿在"事情本身"的内部。由此看来，"我渐渐接受了我的平庸"，也只是存在主义加上了一件温情的世俗外衣。卢卫平的"平庸诗学"也就是加上了世俗温情的"存在诗学"，是面向存在展开的"平庸诗学"。

实力榜
Major Poets
Cao Tang

西北以西（组诗）

◎王若冰

王若冰
WANG RUO BING

【作者简介】王若冰，作家、诗人、秦岭文化学者、高级编辑。主要作品有诗集《巨大的冬天》《我的隔壁是灵魂》，"大秦岭系列"长篇散文《走进大秦岭——中华民族父亲山探寻》《渭河传》《走读汉江》《仰望太白山》《寻找大秦帝国》等。曾获甘肃省第三、第四届优秀文学作品奖，敦煌文艺奖一等奖，第八届《中国作家》鄂尔多斯文学奖，第25届中国电视金鹰奖最佳纪录片奖，国家广电总局2010年度国产优秀纪录片及创作人才扶持项目最佳编剧、最佳中篇奖，第六届"报人散文奖"。现居甘肃天水。

[在禾木村凝望积雪]

能够在冬天抵达禾木的人
内心贮藏了一个冬天的积雪

额尔齐斯河与禾木河之间
皑皑白雪让高山、草原、丛林中的
雪鸡和旱獭遗失了雪地上的足印
马拉雪橇穿过白桦林
一闪而过的影子
归结于一幅画框的静谧

落下来就不想融化的积雪
弥合了岩石与大地之间的裂隙
一匹马从积雪拥堵的栅栏走出
它鬃毛上抖落的雪花
让禾木的积雪越积越厚
它与积雪对视的眼神
让万物在积雪的反光中
看见了冬天的素洁与宁静

黄昏降临，落日点燃天空
也点燃了山坡上越积越厚的积雪
如此漫长的冬天，寻找黎明的积雪
把炊烟和明月的影子取走
茫茫积雪中寒风吹撼不动的木屋里
日渐苍老的图瓦歌手怀抱苏尔
窗外，堆积在白桦林梢上的雪花
熟知他风雪中遭遇过的每一次爱情

[西域的天空]

那时候,西域的天空比现在更蓝一些
也比安西四郡守护的西域大地,更辽阔一些
更远处,昆仑在南,天山在北,更远的中原
在克孜尔尕哈烽燧上守边士卒怀抱灯火
用泪水思念、用边鼓敲击的敦煌和楼兰以远

那时候,叶尔羌河鱼虾成群,水草丰茂
疏勒都城塔殿巍峨,有大城十二、小城数十
那时候,温宿到姑墨、龟兹的古道上
使臣、士卒、僧侣和商人在戈壁和荒漠之间
昼行夜伏,躲避箭镞、追逐绿洲。在库车和拜城
有人停下来,在库车河两岸栽种葡萄、开凿佛窟
有人在通古斯巴城交换通关文牒
有人在喀什街头沿街叫卖;有人在风雪交加的山谷
双目含泪,整理死者遗骨;也有人在旷野上
打马狂奔,幽光闪射的铠甲在漫天风沙里叮当鸣响

那时候,汉武帝早已作古,玄奘西行归来,碎叶城里
刚刚出生的李白紧拽父亲衣襟,收拾行囊,准备归乡
一位红衣僧侣从克孜尔石窟转身走出,木扎尔河两岸
天色澄明,阳光落地,万物仰望蓝天,礼赞吉祥

[在察尔汗盐湖]

如果我能把我满身尘埃
和深藏不露的灵魂清洗干净
这铺满白雪、泛着幽光的湖面
就会少一些俗世的纤尘、人间的污垢

如果抵达之前,我能够面向昆仑祈祷
背对雪山诵经
与幽蓝的湖水,棱角分明的盐粒相遇
我就不至于手足无措,心生寒意

如果察尔汗盐湖是黎明的门槛
这匍匐在柴达木荒漠上的盐晶
能否让我空无一物的内心终止战栗
挽留住一粒盐的亮度,一滴湖水的来生

[己亥年霜降]

我向一片俯冲而下的雪花
索要一截炭火的温暖时
一个背着石头上山的人
还在纷飞的落叶中
与被秋风催赶着从山顶
走向山下的暮色对视

[井 盐]
——在自贡盐史博物馆

向上,我就有了
洁白的人间
以及黑暗到来之际
丘冈之间、河谷两岸
潜伏向下的炊烟

从页岩与泥巴中出来
卤和盐,泥与水
还需要烛光与灯笼
用手指分拣,黑和白
才能一目了然

就像一滴卤水
转世成一粒盐晶
我也需要火与水淬炼
才适宜行走在
有清溪也有白云的人间

[月光里的嘉峪关]

我只能从月亮背面
遥望这座沙漠孤城

灯火熄灭
大地沉陷
一声羌笛响起
月亮的影子就落到了
黑衣戍卒
被风吹乱的头发上面
祁连山的雪水
在六月飞雪的日子
被沉睡在黑暗里的牧草
抱在怀里
走进黑夜的羊群
还在反刍
一粒沙子
在月光下飞起的伤痛
城楼上明灭的灯火
看不见楼兰的孤独
一轮巨大的月亮
照耀着一座
黑暗中的孤城
一位途经玉门和敦煌
赶往长安的驿使
在落满月光的戈壁
留下一片让人心跳的马蹄声

[尕 海]

尕海的早晨
是清水里淘洗过的早晨
一面镜子
打开在合作以南

我看见酥油花
在尔海上空盛开
白云和羊群
把玛曲的黎明轻轻推醒

明亮的风中
不动声色的尔海
吉祥的祝福
在草尖上移动
拉卜楞双手捧起
含泪的月亮

唤醒了这么多
梦中行走的人

太阳升起以前
荒凉的大海
一株孤独的玫瑰
伤害了我的内心
在尔海静止的光亮下
一只苍鹰穿过青海
让我在雪山之上
听到了更加辽阔的声音

[创作谈]

"诗歌创作是关乎我们灵魂与精神的事业,因而我一直认为,包含了诗人人格立场、诗歌品性、灵魂与精神向度的诗歌文本,应该成为我们衡量一首诗、一位诗人的最终标准和尺度。"这是二十多年前我在一篇创作谈里写的一句话。后来,在另一篇文章里我又写道:"我一直认为,人类精神史上有两件事是关于人类灵魂的事业:一是宗教,一是诗歌。"基于多少年来对诗歌与人类灵魂精神世界关系这种一以贯之的认知,我甚至给几年前出版的第二本诗集取名《我的隔壁是灵魂》。这种固执与偏见,基于我对有别于其他叙事文体的诗歌本体的理解和体认:诗歌当然可以叙事、抒情,甚至立论。但无论以何种方式结构诗歌,最能映现诗人精神世界幽暗光芒的情感与直觉,才是我们发现的诗歌最可倚靠的介质。因为真正伟大的诗人在创造一种伟大的诗歌文体的时候,必然有一个真诚、丰润、饱满的灵魂为诗歌语词可能抵达的崭新世界劈山开道。真正意义上的诗歌写作与其说诗人在写诗,倒不如说诗人是借助语言的神性完成一次现实世界不可能的精神与灵魂的历险。因此,真诚地表达并袒露自己的灵魂而不仅仅是自作多情地描摹造势,就成了考量诗人灵魂真诚度最可靠的尺度。

一天短暂，欢喜就好（组诗）

◎徐南鹏

徐南鹏
XU NAN PENG

【作者简介】徐南鹏，70后，研究员。倡导"立体诗歌"，创有"南鹏抄诗"公众号。著有诗集《城市桃花》《大地明亮》《星无界》《我看见》和文集《沧桑正道》《大风吹过山巅》等。曾参加诗刊社第20届青春诗会。获《诗歌月刊》年度诗歌奖等奖项。诗集《大鱼》入选"中国好诗·第五季"。

[现实是]

现实是，河水缓慢，依着两岸流淌
现实是，河水烦闷，打着旋，锁住江心，
　　锁住青山的倒影

我大体也是。有时自己从身体里出走，往深山
探访蝉蜕，以及清风的幼虫

这一些，都不在课本上，不在你反复背诵的篇目里
但终究要到来，像梦，总有一道隐秘之门连接彼此

像风中晃荡的电线，连着村庄。荒芜不可见。
　　抵制亦不可见。

[已知的]

已知的，比如蝉翼之轻
你告诉我，爬上树冠的青虫
竟有振翮之心
那时，樱花开透，雨意正浓

向上飞的雀
也会化成云朵
再向上，目力所及，也不过是一星光

风，有时向上吹
有时向下吹

像旧电影，把世事重映一回
我有时会在梦里着急地归纳中心思想

至于多年前我扔出去的石子
也是我命运的一部分
如果恰好落入河中，正是
那条鱼，正在着急地寻找
回归之途

[一天]

我试图整修出一块土地，好种些瓜果。
地里多石。翻地多艰。
我不惜体力。挖出大大小小的石头，需要我
　　耗费几时，我并不可知。
石子各具形态，也会分散我的注意。
或许把玩石子也别有意味？
一天短暂，欢喜就好，怎么过或许不重要
在一块尚未挖出的石头上，歇息片刻，我该
　　想想了。
头顶上，星空旋转着眩晕本体。

[绝句]

从阳光中提炼出金子，因为爱
从阳光中提炼出玻璃，因为思念
从阳光中提炼出冰，因为你

[腾空]

先是鸟鸣，腾空自己
翅膀这时具有遁形功能

一如语言，被修改多次
留下青烟和灰烬

但并非无迹可寻
比如，透过高楼窗外扫过的风
以及屋顶瓦面上留存的残雪
我能猜到它的去处

至于虫腾空自己，留下
透明的蝉蜕，在枯枝上
那是另一种救赎
或者是回归，浪迹还是成长

空无一人的下午
蝉紧一声紧一声地呼救
时间出现裂缝
背后细密的脉络如月影

[午后]

阳光瘫软在院子里
风呢？挤在灰尘的缝隙中
桃花，李花，梨花，依次开
开过就不后悔了
蚂蚁列队走过墙面
午后寂然无声
一只猫，蹿出院门
被自己迅捷的影子
吓了一跳

[雁]

城市上空，一只鸟
在飞，是雁吧

在我看得见的高处
一只鸟，再努力，也飞不出

空阔。或许有别的鸟飞过
留些鸟迹，或者气息

但风先来一步，反复洗
呈上，全新的版图

一只鸟在飞，向黄昏
自己陪伴着渐远的影子

飞翔抑或即是抵达
一只鸟同影子合而为一

[崩 塌]

他的话，表达完整

但我听出崩塌的部分
——不是遗址，而是尚未建设
早已成废墟

他一无所知。

[雪]

城里的雪下得比城外的小些
城外的雪化得比城里的慢些

改变外部环境难些
改变内心感受易些

真正改变的，唯有月
它以阴晴圆缺告诉我一些

[平凡有自己的幸福]

春风里，把一粒丝瓜籽
埋在土里，过几天
地里拱出两片嫩黄的新月
风一吹，月牙长出一枚新叶
拉着风的下摆，见什么
老问为什么
给它浇点水
秧苗就往高处蹿，像
虚空中，有什么吸引着它呀
像土地里安装着
强劲的发动机。它多少有点
身不由己了。不一日
竟然冒出一朵花。不一日
竟然挂上一条果。炊烟
和藤蔓，各自占用一半阳光
平凡有着各自的幸福
比如，踮起脚尖
割下丝瓜的年轻母亲
比如，种瓜得瓜
闻到灶火味道的丝瓜

[创作谈]

寻找纯净的东西，这是生命的原始冲动？或是后天的使命？什么称得上纯净的东西？露水，春雪，还是夜深人静时扑面而来的那股浓郁的夜来香？

记忆中，小时候村里的事物都是纯净的。蓝蓝的天，清冽的泉水——夏天把手伸在泉眼里，一股沁凉传遍全身，那感觉至今犹在心头；冬日里，泉水冒着雾气，那雾袅娜、干净。还有，竹林中的空气，吸一口，你不仅感到清洌，而且感到青翠。

纯净的事物，一方面它会让你透明，给你自由，另一方面它会窒息你，给你压迫——我们身上，还有多少污秽未得洗净？

曾经有过这样的夜晚，当你仰望湛蓝的星空，你会被压得喘不过气来。这就是纯净的力量。当然，当你面对山崖上一朵盛开的百合花，它那一缕清香，同样想要窒息你，让你透不过气来。一朵花，清晨一粒鸟鸣，黄昏高一阵低一阵的蝉噪，或许就是纯净的东西。

但是，我想找的，并不仅仅是这些东西。我依稀记得这样一个场景，我家门前是一条古官道，那时村子里不通公路，官道上人来人往，走累的人会在门前的石板凳上歇歇脚，或要口水喝。奶奶在门口水池洗衣服、洗菜，客人要水时，她会迈动那双小脚，进屋里，把门掩上，先整整衣裳，洗下脸，拢下头发，再开门把水端给行路人。行路人喝完水，把碗在门口引来的山泉水池里洗净，放在石板凳上，口中称谢，然后继续赶路。奶奶站在门口，待行路人身影拐过弯，看不见了，才收起碗，再忙自己的事去。这些小细节，是对别人的礼貌，也是对自己最大的尊重。或许这才是我要追寻的纯净。敞亮的心灵，人与人之间无遮蔽的关系。

读红楼梦的时候，其中有一个细节，姑娘们在下雪天，从梅花瓣上，把雪一点一点扫下来，存好，取那化了的梅花雪水泡茶。这水，够纯净了。这纯净的水，自带梅花香，泡出的当是绝世的茶！

现在，梅花仍然在开，雪依然在下，但我们还取得来那神仙一般的梅花水吗？前几天，北京下了场春雪，纷纷扬扬，比天气预报说的要大许多。大半个下午，我站在办公室窗前，静静地听雪落的声音。雪刚下时，一着地就化了，但无限的雪花前赴后继，终于是屋顶白了，树白了，路面也白了，一个世界白茫茫起来。我的车停路边，晚上开车时扫前玻璃上那么厚的雪，煞是费事。第二天，再开车时，车上留下的是雪化后斑驳的泥迹。这是我们的时代和现实。

诗是人类面对现实无奈重构的世界。对我而言，庆幸有儿时的记忆，依然可以照着小时候感受到的那些事物，把纯净的雪呵花呵重述一遍。

像盲人看见镜子里的自己（组诗）

◎黄 芳

黄 芳
HUANG FANG

【作者简介】黄芳，生于广西贵港，现居桂林。中国作协会员。诗歌发表于《人民文学》《十月》《诗刊》《上海文学》《青年文学》《星星》等。出版诗集《风一直在吹》《仿佛疼痛》《听她说》等。曾参加诗刊社第26届青春诗会。

[自画像]

从十二岁开始
你带着她离开故土温室
成为住宿生

漫长的住宿生
信笺是迷海里的唯一灯盏
你带着她
站在岔路口等待邮差像等待
绿色的灵魂

绿色的灵魂是一件衣裳
你让她穿着
命运之炉熬着疾苦也熬良药
她曾给软骨头加上钢钉，也曾对硬骨头
垂下头颅

她垂下你的头颅
向十二岁以来的时光深深致意
不打搅长满青苔的隐秘角落，也不抖落
玻璃上的斑驳光影

是时候转身往回走了
你要带着她
带着这张塞满记忆的旧邮报

[雨中的葬礼]

送行的队列在雨中起伏
经过栅栏,绕过水洼

灰鸟在鸣叫:安息吧。

雨水打在祷辞上,成为哀乐的一部分
这雨中的队列
有人走过它,缓慢沉重
有人掠于瞬间
如同所有逝去的悼念

安息吧,带着瓶中的祷辞。

[镜 子]

在十月
在山毛榉随风摇晃的夜晚
我想起你

想起那个夜晚
人们疲惫地走下渡轮,离开陌生岛屿
凉风阵阵,众声喧哗
只有我为一枚硕大的月亮哭泣,只有你
听见了我的哭泣

无数个十月
随着火车咔嗒咔嗒地到来又远去
在小镇站台,只有你
手拿橘子
只有你挥着双手像稻草人被风吹动

有时,生活一地鸡毛
甚至命运的缝隙里也罩满蛛网

只有你,与我相遇于梦想的微光中
惊讶,犹疑
像一个盲人,突然看见
镜子里的自己

[喑 哑]

他们面对面坐着
黑夜漫长
风吹来,他们举起手中的酒
喝一口
雨落下,他们又喝一口
偶尔她只言,他片语
说人世长,雨夜冷
酒杯空了又满,像一种安慰
却不可安慰
终于,她哭了
"我没有父亲了。"
"我也没有父亲了。"
瞬间雷声轰隆,万物喑哑
闪电划开夜空时
世界惨白
世界惨白像一个没有父亲的孩子

[黄昏里]

然后,他们在黄昏里挥手
道别
捧西瓜的人,拉下长影子
提枇杷的人,踩着碎步忽左忽右
在第一个岔路口
她对着木叶中的路灯说:嗨
到第二个岔路口
夜色沉下来

她看到一个老人从树下走过
他笔直的身子像父亲
抽烟的样子，也像
她看着那个影子慢慢地晃过去
慢慢地从树下消失

[在衡阳等车]

杏林堂，华融证券，肯德基，妇婴用品，十元店
娄衡招待所，摩的，人力车
在衡阳火车站附近
这些店铺被我看了好多遍
我没有一个亲人，但我的脚步
就像要回家吃午饭一样
对面街道，一棵不知名的大树
让我停了下来
我要给这棵大树起一个名字
像奶奶的手帕那么亲切
像过年时母亲打开五斗柜时那么惊喜
然后靠着它
靠着它繁茂木叶覆盖下的阴凉
把写到第十一页的日记
续下去

[深 海]

每一个孤独的人
是否都渴望跟一只海豚亲近
抚摸它调皮的尾巴
任由它天真的嘴在脸上
蹭来蹭去
当黑夜来临
它一个转身，就把你
驮入深海

[创作谈]

刚学会开车那年，我因为压线被扣了很多分，自己的分不够扣，诗人胡子博答应用他的驾照为我贡献一部分。

在交警大队办理那天，办事员跟我例行指认和教育：你看，这这这......都压线了。以后注意驾驶安全。

屏幕一页页滑过，办事员似乎自言自语：这么宽的马路，居然也压线？

我说：我应该是走神了。

办事员抬头盯紧我：开车怎么能走神呢！那很危险的！

一直沉默的胡子博突然说：但走神是迷人的。

2017年，我离开报社到出版社工作。

第一天去出版社上班那个早上，我调了六点钟的闹铃。闹铃把我从梦中惊醒时，天还黑得很厚实。

我花十分钟匆匆洗漱，然后下楼，在校门口买了一碗粥，提着去等30路公交车。30路公交车迟迟不来，我在寒风中不停跺脚，看着天一点点地，越来越亮。

下了公交车还要步行十分钟左右才到出版社。我左手提着那碗粥，右手提着笔记本电脑，一路小跑，穿过空无一人的东西巷、尚未醒来的中华路。

到达出版社时，还是迟到了。那碗粥，在奔跑中洒了一大半出来，整个袋子都黏糊糊的，我看也不愿多看一眼，全部丢进垃圾桶。

那个急促、狼狈、寒风嗖嗖的清晨，像一个象征，开启了我新的职业生涯——准点打卡，密密加班，奔跑，不停地奔跑。每天的体力、脑力和时间，先耗尽，再透支。

甚至在医院陪护母亲时，我也就着昏暗的壁灯加班看稿子到凌晨。

我没有时间看书看电影，偶尔写一首诗，也是缝隙中的乍现。

2017年到2021年，我一共只写了大概三十首诗。而我从小就如此热爱写作，沉迷写作。

2021年7月，我离职了。一个中年人，一个很难再找到一份新工作的中年人，她果断地离职了。

济慈说：灵魂自身是一个世界。

在我，诗歌以及诗歌写作，自身是一个世界。这个世界，有挂满日常庸碌的蜘蛛网，也有越过密网的乌托邦——在那里，有更完整的自我，更自由的灵魂。

在那里，我可以随便压线，可以走神。

非常现实
Life And Poetry

山顶（组诗）

◎柳燕

【作者简介】柳燕，生于1991年，云南大学文学院中国当代文学专业研究生毕业，现为昭通某中学教师。作品发表于《诗刊》《长江文艺》《星星》《草堂》《中国校园文学》《滇池》《边疆文学》等。曾获包商杯全国大学生征文奖、野草大学生征文奖、樱花诗赛奖等校园文学奖项。

[头 发]

房间空空如也，映照出
我不多家私的静物影子
秋天的阳光已从纱帘退潮
打扫房间时发现，短短几天
出租屋的地板、沙发、厨房
书房、洗漱台和浴室
都有她头发的踪迹
这里从没住过其他女性
所以确信这些比男人头发
长很多的女人短发，全是她的
恍若梦境，但这是铁证，喜欢
剪短发的她的确来过这里
和我短暂生活，然后离去
房间洁净的瓷砖散发着幽光
映出一个男人家务时朦胧的轮廓
那些散落在各处的头发被小心拾起
用一根红丝带系成一绺，夹进
一本吉尔伯特诗集的某一页
就像儿时秋天，摘一个熟透的柿子
放在路上。这不是怪癖，只是她走后
我在南方出租屋第一次把脸贴在地板上
发现我与自己的倒影隔着她的一根发丝
它在我的呼吸中颤颤巍巍，像个孤儿

[上 元]

没什么特别的，结束工作大家各自回家
落日烙铁从此城边缘的塔吊顶下班
灯火很快替代黑暗，城市的每个夜晚
都灯火通明，不分节庆。促销季更繁华
春风乍暖还寒，月影在乌云后急速赶路

山中的家，父亲应拿着土蜡烛去亮园子
母亲点燃所有香烛台的香火，加满青灯油
长大后，我们一直缺席，撤出了他们的祭祀
回到出租屋，烟花在城中的高楼零星绽放
用望远镜拉近焦距，想象那绚丽属于自己
年已结束，我们将继续努力去偿还恐怖债务

[山 顶]

站在故乡山顶，秋天
原野把森林放牧到悬崖
这儿的绿色让人欢喜
曾治愈许多躲进群山的少年
高压电塔登山队已取得胜利
把一座座铁塔插在群山之巅
新规划的高速公路
机器正在凿开岩石
有少女在十五岁辍学，十六岁恋爱
十七岁丢下新生儿去大城市谋生
十八岁改嫁，再也没有回来
两个未成年，留在故乡的孩子
在祖父母和外祖母身边慢慢长大
他们还在他乡，试错生活和爱情
脚下的大理岩坚硬如童年，他知道
山外的路并非一直平坦，抵达平原
城市如铁，许多人抱着理想
去那里死磕，大部分败北而回

[雨 水]

有亲戚在寒冷的二月喝下一瓶敌敌畏
小时候他曾给我买过最爱的米粑粑

父亲往他表哥的新棺木上撒下一抔土
一个人的艰苦和沉重被埋进死亡
未来时间，它要模仿植物，每年春天
发芽，抽新，转青，生长，向着黛绿
于夏天的夜晚结出秋天的草籽，接受
枯黄与轮回，接受暴雨雷电日光与星芒
雨水过后，桃花李子花将替代油菜花绽放
青年人将离开绝望的故乡去无望的他乡

[午夜之前]

城市柏油路在这里走到了尽头
烈日暴晒泥土，快车给它们翅膀
红色砖头里的人们，某个是我的房东
他们从塑料、木头和小块旧城中
分离出废铁，就像炼铁工人从铁矿石里
甄选出钢筋。他们修起这座待拆的房子
我暂时的家。人们已睡去，土狗
回应着深处的土狗。站在半截天台
远处城市整齐的路灯和信号灯
是我近视瞳孔里盛开的烟花
黎明时才逐渐熄灭
火车汽笛叫醒昭通站
有人在梦中去远方，有人从远方回来
他们都不知道，这儿有个失败的诗人
想一些关于漂泊与回家的事情
看一轮被切走一半的月亮
城乡接合部，转基因玉米正结夜露
过些时日，这儿将长出一个高铁站
长出密集的楼笋
更多空中负债的夫妻

大地缝合着静默的背离之心(组诗)

◎胡兴尚

【作者简介】胡兴尚,"80后",大学中文系毕业,做过汉语志愿者,教过书,坐过机关办公室,现为文学编辑。诗歌见《人民文学》《中国作家》《青年文学》《诗收获》《星星》《草堂》《扬子江》《诗潮》《绿风》等刊物及选本、诗历。

[虫洞]

沿虫洞走向,抵达
白云顶部的村庄
峡谷是时光的虫洞
被江水咬蚀,向内紧缩
路过自留地的时候
看到母亲在开掘熟透的土豆
微微的隆起,凹陷的纹理
迎合她,保持土豆的完整性
我们多久没见到虫洞了
我们在土豆的剖面上留下的
童年,已长满了虫洞
除了蚯蚓,地老虎
我们还切断过黄蚂蚁
翻开它们的蛋窝
烈日下,一堆白茫茫的米粒
正是它们,在土豆的虫洞里
掐灭大地的深邃幽暗
而母亲,有时为避开锋刃下的土豆
故意让锄头砸向裸露的脚趾
人为的虫洞,对应土豆腹中的空
她们便只拥有,减掉一半的疼痛

[喊铁]

喊山崖,喊矿洞
喊隔层中的铁矿石
喊坍塌的矿坑中
活化石般徒留白骨的阿琛
忘不掉的少年玩伴

喊铁锈,喊铜锁
喊漆面斑驳的铸铁大门
喊驻留在鼠洞里
面如青灰的月光。喊不回

寄命脚手架的堂弟刘守

喊单元楼，喊窗洞
喊掩映在绿植中
恒常的清欢和假笑
把骨里的刺，命里的铁
高声，一一喊出来

[山 谷]

茅草合围，悬崖相向而生
石头的钝部抵住蓝的碎屑
白云的斜坡上，雨水
洗亮了铁线草和枯树枝

河水出走，卵石裂开
闪电击伤的斜面上
有童年和盲鱼的化石片

追赶水，是祖祖辈辈
苦痛的记忆。追赶光阴
是游子重回哑默山谷
唯一的绝路或通途

老鹰缝合着山谷
山谷缝合着大地之疼
大地缝合着静默的背离之心

[雕 饰]

桃核上画山水
细颈瓶底写长联
米上刻字。雕刻师
于木片、蛋壳、玻璃
甚至合金上，轻易完成

精微或宏大的构图
他令人称道的绝活
是在米粒上刻字
悲悯，博爱，仁义
礼，孝，诚，笃
这些来自信条的万能文字
他甚至能把这些文字占据的部分
镂空，并且扬言
可以雕尽天下，镂尽乾坤
每雕完一字，他都要把刻刀
往身后鱼缸中的鲶鱼身上戳一下
这是他赚得满钵的独门秘籍
"文字缺少的血性，必须
从某种动物身上找回来"

[明 净]

母亲纳好的鞋底上
缀满了星辰，那时
月光为大家共有
山墙外的草垛里
有落日藏好的金蛋
我们集体跃起
挤出垛底的狗子和山秀
春节一过，他俩
迫不及待登上东去的列车
留下我们，填满
院子西侧的豁口
一场雨水过后
母亲锁在箱底的缝衣针
长满暗红锈迹
纳好的鞋底上
有黯淡的红色洇开
像教室角落里
空出山秀的松木椅子
椅面上娇羞的红

一个小人物的灯（三首）

◎张怀帆

【作者简介】张怀帆，陕北人，在延安一小镇生活了三十年。中国作协会员。著有"小镇系列"等作品集十二种。曾参加诗刊社第24届青春诗会。现居西安。

[一个小人物的灯]

住下。一枚磁石
住下。一团文火
风中的草叶
头顶的星子
人世的苍茫，从容
取一瓢饮

我惑，由此不断省察
我执，时时双手合十
释然以酒，淡然以茶
生活的藤蔓，会不断缠绕古道西风
却不再遇昏鸦

有笑，不因拈花
有泪，起于悲欢人间
在低处，把自己走牢

此心安处，随遇而安
看破而爱，以出世而入世
无论
蓑衣或菊

[在城里碰见麻雀]

有时会碰到麻雀
一只，两只，最多的一次
有五只
在垃圾桶旁，在小广场的树下
还有一次，在一只流浪狗身上
它们看上去更加瘦小，像一枚
煤球，但眼睛雪亮
射出一豆锐利的光芒

有很多年，在小镇
它们是我亲爱的小邻居
每一个，都圆嘟嘟
奔奔跳跳，挺着灰白的小胸脯
有时叽叽喳喳
有时叽叽咕咕
到了冬天，其他的鸟都飞走
只有它们，胸膛里装满子弹
叫声响亮：啾啾，啾啾啾
它们在小镇上自由自在地飞
一会儿铺在草地上，一会儿洒进树中
像一面流动的旗
晶亮的瞳孔里，也许有白云
但翅膀，从不高过
楼顶

小镇的麻雀是安详的
和小日子一样踏实

这让我在城里碰到麻雀感到难过
像我的乡下亲戚，它们
来到城市生计，是出于什么样的
迫不得已？

[白纸黑字]

送报人会把报刊悄悄别在
门外的把手上，读报
好像上个世纪的事情
但我喜欢那随心的一翻
让一切都慢了下来
这个行业还没有消亡
大概正好说明世界还没有乱了
秩序，白纸黑字
人心还有敬畏和庄重
但因此要说我老朽，落伍
我也不做争辩
也许我还要泡一杯茶
配合这样的不屑
世间如此纷乱，能把自己安顿下来
并非易事
为此，我已修炼了半生
窗外的鸟鸣多了起来
它们都知道春天到了
但我看见有一只灰鸟，站在树梢
晒着日光，独自安静地
梳理羽毛

假面舞会

◎李 浩

【作者简介】李浩，生于1971年，河北人。著有小说集、评论集、诗集等二十余部。曾获第四届鲁迅文学奖、第十一届庄重文文学奖、第三届蒲松龄文学奖、第九届《人民文学》奖、第九届《十月》文学奖、第一届孙犁文学奖、第一届建安文学奖、第七届《滇池》文学奖，第九届、第十一届、第十二届河北文艺振兴奖等。

[假面舞会1]

"她是一个可疑的美人，总是出现于，灯光骤然暗下的时刻。
用一种经过了修饰的款款，从角落，慢慢走向……"
"和那些动荡的浮夸不同，和荡漾开去的欲望不同
她不是，她展示的是玻璃的洁净，
以及玉石的洁净。她是一个可疑的美人，精心于，格格不入……"

哦，我在写一幕戏剧。试图
用来自肋骨的灼痛将她写出——当然，我会时时提醒自己
这场演出的舞台感。

"那光是细碎的，犹豫的，仿佛是在晦暗和时间里飘游
而她，恰巧被这闪烁不定的光源吸住——像一条上钩的美人鱼。
不过她不会匆忙地变成泡沫
因为脚趾踩到的地方没有水渍。"
"她只负责灯光暗下的这一部分，以及舞曲间歇的这一部分
随后，她会在摇曳的手臂中间消失，并且是彻底——
这不是我想要的。我必须穿越整个舞池……"

这不是我想要的。我将用橡皮将它擦掉。
但保留，所谓上钩的部分，以及或隐或现的水渍。

在这幕戏剧里,我想表现得冷静是困难的
可我,是否可以真切地写出,那种被拉拽的
几乎要把整条肋骨从身体里拔出的疼痛?
……
当然,我还要时时提醒自己,这场演出的舞台感。

"我记得那个转瞬,以及它所造成的震颤:舞池的空中
飘满了五颜六色的塑料碎片。我记得她略有侧身
让一个酒杯走向另一处暗淡,我记得它经过时洒出来的酒香。"
——哦,一个开头,已经修改了无数次
然后依旧停留在开始。"'你在回避什么?'她在假面的后面微笑着问我
'我想象,你会把我看作是,一条不肯上钩的鱼,
是,或者不是?'"

……我在回避什么?"我没有,没有回避"——她已是戏剧中的人物
我不必在此时,紧紧盯着她的眼。
我在回避什么?这是个问题,我承认,我一直在试图拖延
也一直在试图,将真正的自己躲藏在这幕戏剧的后边。"假面舞会",当我
固执地写下这个词,当我为她的出场准备了虚构的情节
那种真实的丧失之疼,却如同撕咬的蚂蚁,已经聚集于
肋骨和心脏,一些有血液会流经的地方。

"她摔门而去。双肩颤抖着。无花果树已经结下了种子
而似乎干萎了许久的羽芒菊,又在湿漉漉的根部,钻出了细微的嫩芽。"
"我记得这些,是因为……"
是因为,即使用一种虚伪的方式来描述,并且止于故事的开头
我还会再次沉陷,无法自拔。

[假面舞会 2]

这样的生活不过是一种相互模仿,包括所谓的个性
我们知道,我们懂得,我们配合。
接纳一种表演性,其实也就接纳了另外一种——它们之间能有
多大的不同?

随世俯仰，随波逐流，我们总是让自己保持
和水流的一致。如果不考虑长度，我们似乎可以将自己的人生看作
一场有克制的假面舞会：
与面具共生，它是太过重要的遮掩，以至于
会慢慢和皮肤生长在一起。没有谁会独自接受裸露的生活
我们知道，这样的裸露，带来的不适必然无穷无尽。

当你们温暖，我会脱掉习惯的衣物，而换上同样的轻薄
当你们欢笑，我也会让嘴角上翘，想象正在品味甜蜜的糖，而当
你们，开始集体性痛苦、愤怒，我也会挤出泪水
并可能显得更为……就是那样，就是
反正我们都已经装作，心照不宣地接纳了彼此的表演性。

一场假面舞会……需要我表现敏锐的时候我绝不肯麻木
而需要视而不见的时刻，我也绝对能够让自己盲目，就像陷入于
乳白色的失明中。需要我表现一个无赖，我也将轻易地唤出
身体里的无赖性——它是面具，何尝不是真实的另一部分？和表演融为一体
谁又会在意，当我们不断成为这样的角色
沉默着的幽暗部位，回荡着一种怎样的痛苦哀鸣？
……我们碰杯，仿佛它是包裹刀子的有效道具，我们拥抱
仿佛从此之后不再计较
我们欢爱，将欲望和其他的复杂之物表演进爱情中
我们温文尔雅，文质彬彬，封住鼻孔装作闻不到那种野蛮的体臭……
一场假面舞会，主人们精心布置下足以乱真的塑料花
我们沉迷于，此类普通的魔术。

偶尔，我们会占用"偶尔"那么大的时间，想象一种
完全个人的生活，不使用假面的生活——
然后，像一个羞愧的烟民，快速地，将还冒着火焰气味的烟头
按在水中。

众生如雪（组诗）

◎梅里·雪

【作者简介】梅里·雪，藏族，本名梅生华，中国作协会员。出版诗集《霜满天》，散文诗集《九片雪》。

[众生如雪]

雪后，芨芨草在厉风中为我们带来生活的歌谣
炊烟弯曲的村庄，像大野中的花朵
它把秘密深藏于寂静
深藏于空和白
——暴雪如我们不知道的命运，端坐高处
暴雪如众生匍匐

我跟随一只狐狸的爪印
和一群麻雀无声的飞翔进村
母亲说，夜里更嘎的女人为他生了个大胖小子
母亲说，天快亮时村里的老寿星华吉草奶奶走了

众生如雪
我们去点灯

[落叶]

给白桦写赞美诗，一定要写到霜
它染过的叶子，明亮，苍黄，像被月光浣洗
一层一层，是时光落下幕布后的悲剧或喜剧

轻霜下落，谁的青春又被季节盗走了钟摆
左一秒还顺应薄凉的风刀
右一秒趋向阳光，也趋近月色

总有一束光，像白桦枝一样弯下腰
抚慰啼血的日子
让我们爱上这经霜的人间

枯萎，沉默，一场喧嚣大火归于沉静
雪来时，我会举起骨头里深藏的火种
让你看见一个人一生的迅疾或缓慢

[老屋拆了]

牧场上的老屋要拆了
我为此心痛不已——
再也回不到我出生的地方
牛粪火醺黑的屋檐,纳清风纳明月
也纳凄厉狼嚎和暴雪
它常常在我梦中浮现。母亲坐在檐下撕羊毛团
缝补衣服,纳千层鞋底
我们兄妹多又调皮,母亲因此受的劳累也多
她做针线活的身影,夜夜印在老屋墙上
我为此痛苦不已——
我再也回不到提篮拾菇的小时候
夏日草原,我若去,松茸
黄菇、香丁子、白伞子、紫里子散落于树林与草丛中
静悄悄地在等我,一见我就会冒出来惊艳我的内心
而我再也回不去故乡了:父亲走了,母亲走了,大哥走了,小弟走了
他们像草原上的蘑菇,星星般为我闪现欢喜后
又留给我无尽悲伤和怀念

[苍 茫]

炊烟自村庄升起,四野沉默
我们进入祁连草原的影子被晨光投递给了草地
马兰叶子翻过来翻过去检查一行人的身份
——几个内心储存着饱满汁液的人
伫立在山冈上的牧人,他的目光被雪山照亮
温暖,慈祥,充满疑问
一群白牦牛,在蓝做背景的草原上舔舐时光深处的草
风依然清冷,大风吹来时一行人都钻进了车子
一回头,我看见,只有牧人独守着草原的空阔
孤独,凄美。仿佛祁连草原是他一个人的天堂
一阵紧似一阵的风收紧了我的视线
收紧了一个人眼中的无限苍茫

最青春
Younger Poets
Cao Tang

像我这样的人（组诗）

◎ 谈骁

【作者简介】谈骁，1987年出生于湖北恩施。土家族。湖北省文学院签约作家。出版诗集《以你之名》《涌向平静》《说时迟》。参加诗刊社第33届青春诗会，曾获《长江文艺》诗歌双年奖、扬子江诗刊青年诗人奖、华文青年诗人奖。

[离开我，成为你]

孩子们在花园里追逐，
女儿也在其中——
一下楼，她就挣脱了我的手。
我乐见她成为随时可以离开我的人。
我乐见她以有限的经验行事：
奔跑时眼中只有前面的伙伴，
听到谁说"藏猫猫吧"，
立即捂上自己的眼睛。
我乐见她叽里咕噜地与伙伴交流，
如果对方走开了，
她仍把一句话说完，
说给自己听。
我们在一旁，聊着平衡车的使用年龄、
青菜的做法和学区房的涨幅。
女儿突然回到我身边：她刚刚摔了一跤，
要我对着伤处吹几口气。
是我让她相信疼痛像一层灰尘，
一阵风就吹走了。
这虚无的安慰会陪着她，
直到伤口越来越醒目，再无什么可以缓解，
她还在自己向伤口吹气，
气流微弱，和她童年时感受到的一样，
提醒她人力的尽头是虚无，
虚无的尽头是承受。

[口 信]

小时候我曾翻过一座山，
给人带几句口信，不是要紧的消息，
依然让我紧张，担心忘了口信的内容。
后来我频繁充当信使：在墓前烧纸，

把人间的消息托付给一缕青烟；
从梦中醒来，把梦里所见转告身边的人；
都不及小时候带信的郑重，
我一路自言自语，把口信
说给自己听。那时我多么诚实啊，
没有学会修饰，也不知何为转述，
我说的就是我听到的，
但重复中还是混进了别的声音：
鸟鸣、山风和我的气喘吁吁。
傍晚，我到达了目的地，
终于轻松了，我卸下别人的消息，
回去的路上，我开始寻找
鸟鸣和山风，这不知是谁向我投递的隐秘音信。

[露水和雨水]

清晨去湖边，
叶尖挂着露水；
雨后去湖边，
叶尖挂着雨水。
没有蒸发的一滴，
尚未落下的一滴，
聚集了人间的意外：
露水穿过黑暗，
像一个梦不愿醒来；
雨水带着摧残的意志，
只是洗去了我们的满身尘埃。

[像我这样的人]

秋天去松树林，不要带一点火种。
去红枫林、银杏林，那么热烈的颜色，
你想自己是一块冰，但已经跟着沸腾。
你就是这样的人，
你说爱的时候，已经爱得不能抽身；
你高兴或厌倦，其实在掩饰一阵狂喜
或者处理那不敢直视的绝望。
反过来说，这是一种克制的美德，
是成功混迹人群的方式。
在没人的地方，你只想往前走，
走到树林的深处，不是满树的银杏
在金黄的顶点落地，
而是一地松针渴望一颗火星。

[很长时间]

河水翻卷，
你感受到河风还要很长时间；
潮湿的天气，蜻蜓飞得很低，
雨水落到你头顶还要很长时间；
你养的小狗死了，埋在松林，
你成长到可以庇护它还要很长时间；
清晨，乌鸦一直在树上叫，
信使在路上，你得知父母离开了还要很长时间：
你将独自生活，你真正明白
何为独自还要很长时间。
好在还有自然：河风、细雨和松林，
你倾诉的地方，也是你聆听的地方；
你睡着的地方，也是你醒来的地方；
作为词语安慰你的地方，
也是作为经验，使你承受并且成长的地方：
它们还要在你心里盘桓，盘桓到永远。

我唯有两件事可做（组诗）

◎蒋艾历

【作者简介】蒋艾历，生于1993年，四川省作家协会会员，作品发表于《诗刊》《星星》《草堂》《诗歌月刊》等。

[日 暮]

在言几又，含蓄的文字
轻轻打翻一片黄昏
清瘦的虚影，灯光微暖
伴随音乐的旋律，一同起伏成
纸上的国，不同朝代的底色嵌在书中
把红尘的重量，种进万里山河

你在我的对面，静坐、沉思
把一滴雨水的深意码成星空
或者大海辽阔的梵音
所有夜色的种子，从历史的深处
打马而来，渐渐在你的眼中丰腴
唐风宋韵，被一双手冠以新的姓氏

我无心看书，也无心把一个词
装进另一个词或早或晚的秋天
我飘荡于一片遗失的梦境，将一生
的偈语都交到你的手中
我不愿指鹿为马，也不再用竹篮取水
也许遇见、错过、想念，皆是好签

[窗 前]

整个下午,雨一直在下
微醺的雨幕中,柳树晃着细长的叶
白鹭飞过,把鲜活的声音挂在半空
我听见一些感性的小词
从风的唇间飘来,归隐在缄默的纸上
高低错落的生命,习惯做梦
习惯拿雨水当酒,饮尽一个个
儿女情长的故事

晴也一日,雨也一日
我看远处的山,不是山
看近处的水,也不是水
我闭上眼,靠着窗
直到周围的色彩都变成黄昏
在这空阔的人间
我唯有两件事可做
活着,并且想你

[春 归]

暮色降临,霓虹渐起
一些时间的虚词
把春日的喧哗,散在高处的云里
风,在云的缝隙中浮动
牵引着回忆的潮水奔流不息
我站在风中,想象你的脚步
正在T2航站楼的人群中穿行
每一秒过去,我都离你更近

5号出口的归人和过客
带走了更多的归人和过客
也带走了许多别的尘世

手中的花还在生长,朝着未知的方向
我一会儿看天,一会儿看看你
月色起高楼,楼上的星辰
在陌生的风中,一点一点生动地白
重逢时,星辉是你,月华是你

[怀 人]

夏日雨后,中新街道
小叶榕水珠几点,如佛的念珠
亲密地敲击在鸟雀余悸的叫声上
高楼环绕,来往的汽车未曾鸣笛
人群垂首向前,或撑把小伞
微凉的时光中,万物荡起涟漪
比以往更为亲近黄昏的缩影

这是一年后,你我相遇

在影院看一场关于活着的电影,谈论
世界的精神与皮囊,谈论自由
和责任,谈论初见,也谈论再见之时
那颗月亮,把时间挤出一道缺口
从云海的胸脯升起,交错、起伏
更多的时候,互不沾染剧情

离开又一年,你去往另一座
遥远的城。熟悉的每一张新面孔
我都留有余地

是啊
今日大雪,不见雪落下。从故纸堆里
摊开未递出的信笺,仅剩
一只简单的投影

山下问童子（组诗）

◎卢三鑫

【作者简介】卢三鑫，90后，宁夏同心人。宁夏作家协会会员，宁夏诗歌学会会员。有诗作发表于《诗刊》《中国诗歌》《朔方》等。

[山下问童子]

我们爬上山顶，看见
海水激荡
看见林中鸟兽各自守护着自己的疆域
看见落日在更远的山顶上犹豫
看见小溪水流之不尽，鱼群嬉戏
看见猎人放下弓箭
在山腰上修庙
看见长势较好的小麦、水稻、谷子和高粱
它们都能在秋天
酿出甘甜的美酒吗

我们下山，见
山下童子骑在牛背上
沿着炊烟飘来
山路曲折，朝向天空的另一面

[过采空区]

大地沉陷，树木在凹陷的地球中心
努力站直了腰身
根在土里小心地
埋住秘密。人世上总会有失望
正在发生。我们掏空了地球的一部分
在它的身上立下警示牌
让那些树木，飞鸟，过路的车马和行人
因此提心吊胆。正如
我们挖空心思地去爱一个人
却无法在深渊得到回应

[无 题]

在一家化工厂里,有成千上万条管线
需要被我阅读,并做出理解
有成百上千种介质,需要被我分辨
并熟知它们的性格和心情
有不同颜色,不同样式,不同材质的
大型器具,需要被我看守
并在它们需要爱时,给它们爱
需要恨时,给它们恨
需要记住一些人曾经用大锤敲击过它们时
给它们的记忆和思想,疼痛和愤怒
其实人间早已没有可信之人。如果你有秘密
就告诉一块铁,如果你有烦恼
就告诉一块铁,如果你有愤怒
就听一听铁的内部
那些撞击和震动
正是它们无处诉说的
爱恨情仇

[在沙漠里]

一只野兔被流放至此
一丛枯草被赦免

万物皆有自己的宿命
我不能替一匹骆驼申冤
骑在它高耸的双峰之中
我倍感痛苦和不安

春天之囚（组诗）

◎许桂林

【作者简介】许桂林，壮族，生于1990年12月，广西贵港人，居桂林。作品发表于《星星》《诗潮》《红豆》《广西文学》《嘉应文学》等，入选多种年度选本。曾获2020年度广西优秀原创文学作品扶持。

[我找不到更喧嚣的办法]

无话不说
无话可说
沉默先是一点
接着连成线
最后是无尽的寂静的面

除了安静
我找不到更喧嚣的办法

[想起……]

数着绿皮火车的车厢
顺便就数了枕木
扫着去年的二维码
顺便就扫了意味深长的往事

坐着绿皮缓慢前行
那些长镜头式的疼痛，尖锐而深刻

车窗外一闪而过的树影
固执地以为，再也没有人，能抢走它们的挺拔
（像进入诗集的句子）

一阵雨后
想起，一个喜欢的诗人
枕木，满含寂静

[春天的囚徒]

他在我心里很久了
我总想摆脱。每当我站在
春天的悬崖边

正如在这个迟迟不抵达的黄昏

[河与路]

左边，是一条坑坑洼洼的水泥路
右边，是一条流水量很小的河

远处，是采石场
一辆辆运送大理石的货车
轰隆隆地压过水泥路
河是寂静的。它知道

路很痛

[安 静]

我提灯照亮风中的枕木。一走
就进入隧道般沉默的一生

火车的声音，提醒我：

尽量，一点一点地忍住
保持安静

[屋里，是一场下了三十年的雪]

我怀抱着光，出现在黑夜
是穿越的翅膀

我努力让夜
一点一点地亮
我挣扎着，挥动着

我想去看看明天，或者
看雨在雨中散步
看云在云中拥抱

关上门。屋里
是一场下了三十年的雪

[在小与更小之间]

它们互换着怎样的角色
虚无与依托?

是消失，是静止
这又有什么关系呢?
我依然感到一朵花的心事
也许，就在昨夜露水打过的花瓣上
也许，是在散落的光和光的缝隙中

我想，它们终将会达成共识

绝句，及其他（组诗）

◎杨 麟

【作者简介】杨麟，生于1983年，祖籍安徽太湖。写作，画画。出版有诗集《石嘴河的黄昏》《白露暖秋》等多部。现居陕西安康。

[绝句 1]

坐在院子里，一个人闲来无事
对面是被白雪掩盖的凤凰山，空旷得寂寞。

一只麻雀突然降临，离我并不远，
它无视我的存在，跳跃着停留
像给初冬的诗句加上的标点。

[绝句 2]

银杏叶颤颤抖抖地落下，加深了秋天
在泥土上的味道和色彩。

孤独的斑鸠，停在电线上
点缀着天空，又像一朵花尚未绽放
就被时间锈住了生动。

[南山云见的夜晚]

狗开始叫了，青蛙，蛐蛐，偷腥的猫
开始叫了。暮色重重，只有此时我才能看清
山峦的轮廓，如祖父被庄稼压弯的背影。

南山云见的夜晚,看见星星行走的夜晚,
有着月亮从山口漫延,夜风中夹杂着
萤火虫热情的夜晚。或者说
可以让自己与天空对话的夜晚。

露珠开始滋长清晨的光芒,刚刚发芽的种子
正在舒展脆弱的叶片,在南山云见的夜晚,
没有惊慌,苦涩,没有生活的破绽。
置身其中,一条通往寂静的路
正在眼前,走过去,可以听见森林的
絮语,以及白天从城市
带回的繁杂悄然离去的脚步声。

南山云见的夜晚,宁静幽远
万物怡然的夜晚,伸手不见五指
依然感受到开阔的夜晚,
空旷中弥漫着诗意的夜晚。

[山 谷]

溪水,跌打在缝隙里,视野里的
白,一种在氧气中燃烧的色彩
点缀了山谷的宁静……

透着绿色的空气,唤醒的石菖蒲
以及两侧姿态迥异,又迷离松林的石头,
野茶树安静而孤独……坐下
闭目享受,那份湿润的清新。

[黄 昏]

树干的色泽愈渐暗淡。蜜蜂与蜻蜓
已停止飞行运动。青蛙的夜生活
即将开始。蟋蟀在草丛间
怀念阳光下的乐趣,只有蚂蚁还在赶路。
溪水消减烦躁,荷花收敛绽放,
月亮汲尽白昼的光芒……

西边的山脉,浸漫在迷离之中,
山顶枯萎的树枝,如嶙峋的手在山边攀爬
翻过这座山,可见故乡炊烟袅绕。

多棱镜
Polygon Mirror

Cao Tang

诗歌的荣耀（上）：向着天空和无限

——吉狄马加《火焰上的辩词》新书首发及分享场记

时间：2022年1月15日下午
地点：北京SKP RENDEZ-VOUS
学术主持：张清华（上半场）高兴（下半场）
现场嘉宾：
诗人：吉狄马加 芒克 西川 欧阳江河
评论家：唐晓渡 张清华 邱华栋 敬文东
作家：格非 李洱
翻译家：高兴 树才 董强 刘文飞
出版人：广西师大出版社集团总编汤文辉
参与：海内外现场、线上诗人朋友和读者数百人

第一节

张清华：大家好，吉狄马加《火焰上的辩词：吉狄马加诗文集》新书首发暨分享会现在开始："声音已靠在三块岩石上／它将话语抛向火，为了让火继续燃烧。／一堵墙的心脏在颤抖／月亮和太阳／将光明和阴影洒在寒冷的山梁。／酒的节日在牦牛的角上／去了何方？""……吉狄马加／生活在赤裸的语言之家里／为了让燃烧继续／每每将话语向火中抛去。"这是阿根廷当代大诗人胡安·赫尔曼写给吉狄马加的诗，这首诗的名字叫《吉狄马加的天空》，我想用这几句诗来开场。吉狄马加是当代中国的重要诗人，他的身份是多重的，首先他是彝人之子，但他又是一位用汉语写作的中国诗人；他背负着悠久的深厚的民族传统，可他身上又有强烈的时

代性,是一位身上流着民族的血液同时又植根于当下和当代的诗人,他具有更开阔的世界视野和人类情怀。我发现他的诗里出现频率最高的一个词就是"人类",一个植根于中国现实、关注人类的诗人,他的诗歌包含着很丰富的思想,而我们知道,当代诗歌的抒情问题已是一个非常显见的同时也非常困难的问题,在海子之后,当代诗歌还能不能抒情,我们现在看到的和吉狄马加同代的诗人,一般来说都很难再持续抒情写作,但是马加一直还能够坚守一个诗人的写作方式。我个人觉得,他的诗是一种有充分当代性、民族性、世界性和时代性的抒情诗。这确乎很难,他的写作也构成了很多重要的现象。我在这只是先开个头。我们接下来请在座的几位重量级嘉宾和大家一起分享,我们先请马加先生跟大家打个招呼。

吉狄马加:我简单说一句,非常高兴,诗人有这样一个机会拿作品跟大家见面,进行面对面的沟通,这是非常有意义的。作为我个人来说,很高兴今天能和这么多好朋友来分享这本诗集。这本诗集是我们广西师大出版社·纯粹的一套书,完全是由他们编选的,选了从我十七岁到现在的差不多两百首诗,还选了我的一部分文章。从选本来看,我觉得他们选得还是不错。从接受美学的角度来看,任何一个作品从离开创作者开始,实际上就已经交给了读者和批评者,所以我今天是来洗耳恭听的。我想听一听大家对这本书有什么看法,特别是对我未来的写作能提出一些批评和建设性意见,将是我终身受益

的,说这么多,谢谢诸位!

汤文辉:首先代表广西师范大学出版社感谢马加先生对广西师大出版社的信任,也感谢在座的嘉宾一贯的支持,更感谢在座的和在线的读者对广西师大出版社的厚爱。在今天这样一个场合,很想结合广西师大出版社的一些思考,包括我个人对马加先生的诗歌创作和这本书谈一点粗浅的想法。

我用几组关键词串起来,第一组是族群、地理、文化、文明,我们知道马加先生对自身文化身份的敏锐,以及深度的关注是他创作的鲜明特点,他是彝人之子、彝族的诗人。最近我关注到DNA的研究,全球大部分人类从非洲走出,三四万年前的时候有一支通过云贵高原的西侧往北,一万年前到河套地区,形成先羌,是汉藏共同的祖先。五六千年前,这个族群顺着两个方向再度迁移,一支往东到达渭河领域,形成早期汉族的主体,一支往南形成了藏族、彝族、景颇族。我们知道法国的历史学家丹纳说到文明的要素是种族、地理和时间,在他那个时代揭示出地理对文明的重要性,如果我们按现在的研究,他过于强调了种族的区别,我们按照DNA分析,世界上不管什么肤色的人种在DNA的差别上都很小,差别在哪里,主要就是地域,什么样的地理空间会孕育出什么样的文化,最终形成什么样的文明。中华文明在东亚的土地上,不同的人群在其中交流发展互相激荡,多元一体,最后形成中华文化以及孕育出中华文明。

我的第二组关键词是口语传统和文字传

统。马加先生是在我们的文化传统和东亚文明的大背景体系下具有代表性、旗帜性的当代诗人。当然他的诗歌创作以及这本书体现出来的肯定有多种面向,专家们都会提到。我们知道马加先生的彝族文化有着丰厚的口语传统、史诗文化,同时他也是在汉字文化传统中的李杜文章《诗经》《楚辞》中滋养出来的,我之所以分出这两个关键词,是因为加拿大的一位传播学者伊里什讲过,任何一种文明的主要传播媒介的偏向会对这个文明在时间和空间上造成巨大的偏向影响。他也指出,要重视古希腊以来的口头传统,以中和文字传统在当代的空间偏向。所以如何中和好时间和空间这个问题实际上是文明绵延和传承的关键问题。马加先生在丰厚的口语传统文化中生长出来,英雄史诗、行吟诗人,包括他的家族对他的影响,加上在汉字文明传统中深厚的浸润,他的写作在这两种传承中达到了较好的结合和中和,同时,他广泛地吸收了其他文明优秀诗人的滋养,所以马加先生也是我国具有国际影响和国际意义的一位诗人。说到口语传统与文字传统这两个关键词,我认为当代新诗运动、白话文运动都可以从这个视角去解释。

诗歌语言是文明交流中最直接、最有价值、最方便的一种语言,习总书记指出文明互鉴,构建人类命运共同体,马加先生在他的诗文集中写到诗歌是不同文明和文化之间最能够进入对方心理世界和精神世界的一个传播媒介,我深以为然,因为诗人最接近赤子,诗歌语言是最能接近本源本初、最接近神性的表达。在这里报告一下广西师大出版社在推动文化交流方面的一些思考,广西师大出版社从漓江之滨走向全国,又走向世界,我们 2014 年和 2016 年分别有两次国际收购,收购了澳大利亚和英国的出版社,在艺术出版方面搭建沟通中西的桥梁,我们把这个项目命名为艺术之桥。广西师大出版社在海外公司的营收去年已经超过两千万美元,在国内出版社中这是不错的成绩。我们一方面通过艺术之桥这个项目将艺术设计、艺术图书、艺术家向西方世界推荐,当然也引进来,另一方面,我们希望以马加先生这本诗集的出版以及借助马加先生作为国际诗人的影响力，进一步在诗歌乃至广义的文学写作方面的国际化文化交流中做出更多的成绩，来推动这方面的文化交流和发展。

欧阳江河：上个月在武汉国际诗歌节上我跟唐晓渡、张执浩已经有过一个对话，马加也在场，那个对话持续一个多小时，围绕吉狄马加这本厚厚的诗集，谈得很深入。当时马加跟我说，你剩一半的话到北京去说，今天我以为是内部学术圆桌讨论会，现在是面对听众开放式的，我不知道讲起来合不合适，争取十分钟之内说完。

在武汉我谈到吉狄马加诗歌中的文明向度，吉狄马加最重要的是他的长诗文本。二十世纪有几个不同的长诗传统，我本人特别看中的是庞德那个取向，还有一个很重要的传统是聂鲁达。近年来对中国诗界影响很大的沃尔科特长诗取向我反而不那么推崇。长诗写作，有一个主体性问题：谁在写作？吉狄马加的长诗属于聂鲁达长诗体系，聂鲁达是南美大地上漫游的游吟者诗人，使我联想到荷尔德林，退向古希腊，写作就是还乡，语言和文化意义上的还乡，从古希腊到德国这样的一种还乡。聂鲁达是漫游，在美洲大地上漫游，而且他的政治信仰是左派，诗意一直根植于底层人民。聂鲁达的写作主体是大地漫游意义上的自我，吉狄马加也是这个自我，但是跟聂鲁达的自我又很不一样。马加对漫游传统有所发展，聂鲁达还没有进入二十世纪七十年代之后的世界格局，没有政治正确话语的引入。而吉狄马加的《雪豹》就引入了世界性文化话题、生态问题，具有总体性质的形而上介入，人类总的危机感、生态破坏、机器文明对自然的破坏等后现代性的当代话题。而聂鲁达那个时代，前期现代性展现的更多是推动的、进步的力量。《雪豹》这首长诗，对人类生态改变的话题有着淋漓尽致、高瞻远瞩的触及，因而获得了一个生态文学的、在世界上有广泛影响的大奖。他对聂鲁达的漫游传统有一个推进，将早期现代性推进到当代性。

我现在谈另一个问题。吉狄马加长诗所呈现的漫游传统、赞美传统，这个传统在二十世纪几乎没人碰，我那天在武汉就对吉狄马加说，作为一个诗人你真是一个吃了豹子胆的诗人，现在有谁还敢用这种语言写长诗？因为现代主义诗歌有很重要的一个特质，处理藏污纳垢的现世成分，处理反讽语境，吉狄马加却不这样写，他呈现赞美性的、高音部的诗意，但又不是宣传性的。赞美与颂歌体是长诗写作一个特别重要的传统，一般诗人不敢碰，二十世纪以后吉狄马加逆流而上，他要保持赞美保持希望，比如在处理病毒这样令人绝望的东西他也坚持诗意的开阔、坚持人类希望的总体推进，这从长诗写作的角度是成立的，它的当代性就在那放着，又采用现成语言，这个矛盾很有意思：处理前所未有的材料，但动用现成语言。

我想，这是不是跟吉狄马加诗歌文本后面那个写作者，那个主体性是什么有关？比如同样写长诗的惠特曼的主体性很简单，一个人就是所有的个人，是民主共同体的、一人一票的，可以隐去身份，一个完全不识字的人和一个大学教授都是一人一票，一就是一。聂鲁达长诗的自我，主体性是肉身性的，他本人在拉美大地上漫游，其写作主体具有自传意义，把自我的肉身性、日常性都写到主体性和人民的接触、和世界的关系里面去了。

但是马加写作后面的主体性跟他们不一样。在武汉讨论的时候我谈到他有一个代言人的身份，所以我为什么说他是文明诗人，他代言彝族这个种族，但他二十几岁就到成都、北京，进入文学体制的领导层，所以这里面的某种双重的、多层叠的主体性非常有意思。中国历来有官员写作传统，古代几乎所有的大诗人都是官员，他们的写作含有体制内的性质：某种阅尽沧桑的眼光、胸怀、总体视野，将行政生涯转化为感悟、转化为复杂诗意，这么一种写作性质。吉狄马加的主体就现代性而言，跟他们有相似之处，但又不大一样，出现了另外的层面。马加半生的时间在体制内度过，又怀着彝族的起源，语言用的是汉语，有一部分是现成语言。现成语言很难用，比如毕加索对现代艺术伟大贡献的很大一部分就是他处理现成品，杜尚也是。当代艺术很重要的一点，就是有能量可以转化现成品。

诗歌写作里面有一个特别重要的标志，没有此一特质就不能叫作当代性：就是反讽。处理藏污纳垢，处理非诗材料，由此构成的自我反讽语调和机锋，文本的主体性是悬起来的、可疑的、被嘲讽的对象。反讽和讽刺不一样，讽刺有一个讽刺主体，自我在讽刺别人，主体在讽刺客体，反讽首先与自我相关。马加的诗歌里面没有出现这个反讽，包括他处理新冠病毒这样的长诗都没有出现。反而他这个主体性是独特的、特别珍贵的，大诗人写作里他是独一份的。这个现象、这个长诗案例，值得深究。他的代言人身份，彝族文明起源，中和掉了他在体制高层中的某些日常性，一方面对中国诗歌的现场与生态做出塑造，参与各种各样的事务，另一方面坚持作为主体的写作，这个个体隐含于代言人。马加的主体是多层叠的，不仅包括写者，也包括读者、翻译者、评论家，由此建构的当代性里包含了很多，包括某些不可控的、偶然的成分。比如,今天的嘉宾名单上有格非,我给他打电话说:格非明天见。格非说我不在北京来不了,记得格非第一次读马加的诗非常兴奋,给我来一个电话,说吉狄马加的诗写得那么好,你为什么没有告诉我?格非这样的读者今天不能来到现场发言,这也部分构成了吉狄马加的主体性。这本诗集里非常重要的一部分,就是他和各国重要诗人之间的对话,作为一个互文性。吉狄马加的诗通过不同语言的翻译,这本身也共同参与建构了吉狄马加的主体性、代言人身份,他属于极为罕见的被世界上这么多具有经典意义的大诗人阅读过、对话过的中国诗人。

马加诗的现代性,不是波德莱尔、庞德和艾略特意义上的现代性,他基本不处理藏污纳垢,不触及西川的诗歌着力处理过的尴尬,以及无聊,广场大妈他处理的也不多,即使处理他也是代言人的角度、向上的角度、歌唱性的角度,而不是日常性的角度。他不是这个取向的现代性。何以理解他身上的当代性?我刚才提到了主体性混杂,提到了代言人,还提到了这么多不同读者和其他诗人的阅读,还有多语种的翻译,诗人之间的对话,和他参加的种种活动,所有这一切构成的整体性呈现出来的吉狄马加,这样一个长诗写作的庞大主体、多层叠主体,这可不是写写小诗、玩点语言花招、弄点修辞动静就能确立的。这个主体性更有内涵,有能量,虽然很多东西还没有尘埃落定,但这种意义的指向就是当代性和主体性。

张清华:江河是诗人中的哲人,他的分析方法有哲学的高度。他从主体性的构成方面解码吉狄马加,解码吉狄马加的诗歌,解码吉狄马加诗歌所构成的一个复杂的当代性的现象。他刚才谈到的内容非常丰富,也是用世界性的、谈论大诗人的方法来谈论,这本身就是高度的肯定。我个人觉得,他关于吉狄马加诗歌中的主体性问题的讨论,特别有启发性。他作为"代言者"的话语方式,甚至使用"现成的语言"的这些特点,有效平衡了他语言的宏大向度,使之获得了合法性,并且能够见容于当代性写作的苛刻要求。这里面的问题很复杂,江河把问题都展开了,值得深究。

郭文景：首先是想表达我对诗歌的敬意。在所有艺术形式中，对我最有激励力量的，除了交响曲，就是诗歌。我非常喜欢新诗，在中国这样一个古代诗歌有着辉煌成就的国家，我对新诗的喜爱却远远超过古代的诗歌。古代的诗歌对我来讲虽然很精美，但它太凝固、公式和套路，而自由的、不拘一格的当代诗歌则是鲜活的、有温度的。我喜欢的很多诗人都是我的同代人、同龄人，他们的诗句能够深深地打动我，在我心里引起强烈的共鸣，这是古代的诗歌没有的。所以我要向新诗表达敬意。

其次，在我的音乐创作中，当代文学和诗歌对我非常重要，它常是我前进的一种力量，自我突破的一个起点，某个新声音的发生点。我在中央音乐学院作曲系教书三十多年，在学生们的歌曲写作中发现一个值得注意的现象：当同学们选用中国古代诗词来作曲时，其音乐呈现出来的面貌比较单一，而同学们用现代诗歌作曲时，音乐就会呈现出非常多样化的面貌，而且同学们自己的个性也显现出来了。这说明古今诗歌产生的不同作用其实是有普遍性的，我觉得这是新诗的意义和价值之一。

我再举几个例子说说当代文学和诗歌对我音乐创作产生过的作用。我为鲁迅的《狂人日记》写歌剧时，我感觉自己以往写的音乐和中国现有的以及古代的材料都不能满足我的需要了，语言没有，技术没有，为了让自己的音乐和感知到的鲁迅嶙峋犀利的文风相匹配，必须要在语言和技术上做出突破。最终，借助鲁迅的文字对我的刺激，我在自己的音乐上有了一个突破。

我还为海子生前最后一首诗谱了曲，就是《春天，十个海子》，这部作品我想用最极致的美去写死亡，在光明的春光中感受黑暗，我费了很大的力气，最后发现突破了我以前音乐的语言之后，写出了诗给我的感觉。被诗歌刺激产生音乐的幻想不难，但达到目的很难。用西川的长诗《远游》写同名交响声乐套曲，从星空下出发是 2004 年，最后一个乐章完成是 2021 年，用了十七年。这期间我曾对西川说，音乐最后我要在无限的光明中同时表达痛彻心扉的感觉。2021 年 10 月在北京国际音乐节上，中国爱乐演奏完整版的《远游》时，我感觉我终于挣脱了音乐界长久束缚我的一些东西。

最后还有一个例子，大概三十年前，偶然读到洛尔迦《死于黎明》中的两行诗："船在海上，马在山中。"就这两行，给我的感觉我无法用语言表达。现代诗、新诗在我眼中跟音乐完全是一回事，你可以说它跟音乐一样是非常抽象的，那些诗的每个字就像一个音符，好像什么都没有说，但是又好像什么都说了。我到现在还没有办法把"船在海上，马在山中"带给我的那种感觉转化成音乐，如果我做到的话，那一定是自己音乐语言的又一次突破。

《火焰上的辩词：吉狄马加诗文集》这本书拿到之后，我特别喜欢《自画像》，我准备推荐给作曲系的学生们。第一次跟马加合作，是将他的长诗《圣殿般的雪山》写成交响合唱，这首诗写的是雪山昆仑山高原。

马加是古老神秘民族出来的诗人，他的诗句给我很多音乐上的灵感。接下来我还要将他的《大河》写成音乐，这是特别顺的逻辑，从雪山到大河。《大河》将是一种我现在自己都还不清楚的音乐样式，这令人激动。大河就是黄河，围绕着黄河的文学和诗歌都很多了。我在音乐方面积累了很多东西，大概是两个东西，一个是和中国近代革命有关的，再一个是二十世纪八十年代开始的反思寻根，都很好，但我始终希望用一个新的视角来写黄河。新视角单纯从音乐上找很费劲，看了马加的《大河》之后，我觉得自己可以又一次借助诗歌和文学的力量完成自身音乐的演进。马加的诗的历史感、精神高度、宏大的规模是我喜欢的，可能跟他是彝人有关系。我出生在重庆，二十世纪六十年代上小学的时候，没有读过任何关于大小凉山的文字，但关于那里我听得很多，大人总喜欢谈论大小凉山，他们的谈论给我留下的印象是，那是一个极为遥远的地方、极为神秘的地方，甚至还是一个比较恐怖的地方，充满了神秘感。我觉得那个地方发生什么神秘的事情和不可思议的事情都不奇怪。

张清华：谢谢文景先生，他从诗与音乐的互文角度谈了精彩的看法。诗和音乐之间的互文是自古以来恒在的命题，所以我们汉语的诗，同时也叫"诗歌"。从《诗经》开始，诗与歌就是互文的、互为表里、互为依托的，现在依然如此，虽然现在的诗歌通常并没有谱成曲子，但它却同时也有一个潜在的音乐文本，只是我们没有把它变为现实而已。以德国为例，我个人觉得，就像尼采和瓦格纳之间的那种关系，大哲学家和大音乐家——尼采同时也是诗人，他们之间那种灵魂上的交流，彼此都是互相的和不可或缺的。当然尼采后来又反对瓦格纳，但是他的反对也是基于他深受瓦格纳的影响，并曾受惠于瓦格纳，他们对艺术的理解是彼此互相嵌入的。如果没有歌德的《浮士德》——或者更直接一点说，没有歌德也不可能有贝多芬和舒伯特，在德国的历史和文化史上，音乐、哲学和诗是牢牢的、互相背靠背的，甚至互相镶嵌在一起的。音乐和诗还是要频密地深度地对话，这样有利于诗也有利于音乐。

第二节

李洱：我是吉狄马加的读者，他的很多诗我都非常喜欢，并得到过很多启示。有一个说法，不被小说家喜欢的诗人不是大诗人，很多小说家喜欢马加的诗。我阅读马加诗歌，可能与诗人有不同的角度。他有几句诗，是我进入他诗歌的途径。一句诗是：每个人的出生都是相同的，但死亡的方式各不相同。还有一句是：有人失落过身份，而我没有，我的名字叫吉狄马加，我曾这样背诵过族谱，吉狄、吉姆、吉日、阿伙、瓦史、各各、木体、牛牛。我觉得，马加的写作，写的是从自然人到文化人，从个体的人到种族的人的过程。我们生下来的时候，都是自然之子，虽然出生的时候他已经背负着种族和文明的重负，但他还是个自然人，但我们死亡的时候，就成了文明之子。我们生命的过程，就是文明化的过程，也是重新认识自己种族的过程。所以，他一遍遍地写他的大凉山，写他从大凉山出来之后又回头看大凉山，这是一个对生命、对文明史的回顾。因为这个缘故，我总是觉得，不妨把马加的诗看成是人类学的诗歌读本。马加的诗天生地跟人类学有关，可以从人类学的角度去阐释。

　　欧阳江河刚才引用了我的话，那句话我需要解释一下。我确实说过，江河与西川最近的诗歌可以说做到了"藏污纳垢"。其实，这也是我对诗歌现代性的理解。现代诗歌做到"藏污纳垢"，这是个伟大成就。开个玩笑，我们总是说，小说家需要向诗人学习，但诗人也在向小说家学习啊，学习什么？学习如何藏污纳垢，如何在文本中整合更多更复杂的经验，如何在文本中展开多维的对话，如何乱中取胜。当然，如果认真说起来，这其实不是谁向谁学习的问题，而是诗人和小说家都认识到，我们必须有能力去处理更复杂的经验。也就是说，我们其实是殊途同归。江河刚才还有一句话，我深以为认同，当代杰出的诗人和小说家都是反讽意义上的作家。但是，也有例外。这个例外，在诗人那里，最明显的例子就是吉狄马加和他的诗。如果说，别的诗人是在反讽，那么马加就是在颂祷。这个意义上，马加此类诗歌几乎构成了当代诗歌的另外一翼，这个其实很值得一说。

　　按照我自己的理解，当代写作，有可能通过自我书写，通过反讽式的自我书写，达到抒情效果，就像完成莫比乌斯环一样。有一个年轻批评家陈思，在关于我的论文中提到了这一点。我觉得，他深谙我的策略。但是，有趣的是，马加的诗歌不经过反讽这样一个程序，直接进入抒情。这确实非常特别，非常大胆。我仔细想了想，刚才有朋友提到了海子，或许当代诗歌里面只有海子和吉狄马加是以如此抒情的方式直接写作。但海子的写作是青春期写作，又可另当别论。坦率地说，马加的抒情方式在别的诗人那里很难成立，但在马加这里却浑然天成，似乎天然地具有一种合法性。那么，这个合法性从哪儿来的？追问这一点，我觉得很有必要，对理解马加极为重要。我们当然可以从他热爱惠特曼等人的诗歌，对浪漫主义诗歌的继承有关。问题是，受惠特曼这类诗人影响的诗人大有人在，他们却没有这样写，而且即便这样写，我们又会觉得很难成立。我想，这还是跟马加的种族文化有关，跟他从大凉山出发有关。我现在看马加的诗歌，可以清晰地看到，他的诗歌绝大部分是以第一人称写成的，具有独白的、自白式的性质。这样一种写作，常会导致诗歌变得简单。但是，马加的诗歌却并不简单，里面其实非常复杂。我想，这是因为马加的特殊身份，多种身份使得他的诗歌天然的、直接的具备了某种戏剧性。彝人的身份、用汉语写作的彝人的身份、用汉语写作的生活在北京的彝人的身份、用汉语写作又与世界诗人构成广泛对话的彝人的身份，多种身份在他身上有一种叠加和冲突，但这种冲突却又不是文明与野蛮的冲突，而是文化与文化、文明与文明的冲突，这种冲突内在于他的语言，使得他的诗歌具备一种隐蔽的对话性，这种对话性却又似乎深植于一个同心圆，而那个圆心就是他的大凉山。这使得我们看他的诗歌的时候，感受到这些冲突的时候，并没有被撕裂的感觉，并没有因为缺少反讽，而失去它的现代性。有意思的是，如果当中有失衡，有分裂，那么彝人的那种万物有灵的潜在观念就会起作用，会有效地达到一种新的平衡，会有效弥合其中的分裂，然后重新实现浑然天成的抒情。不管怎么说，这实在是汉语写作在当代的一个奇迹。

张清华：李洱刚才说了一个很重要的观点，当代性的写作有一种内在的统一性，不管是诗还是小说，它都有互相延展互相嵌入的部分。在欧阳江河和西川的诗里，同样能看到这种东西，他们刻意简单粗暴地说里面"藏污纳垢"，其实这只是一个比喻。当代性本身确乎有碎片化、材料性、未完成性，甚至要故意嵌入某种反对完成性和制度性的一种语言倾向。我觉得他又深化了欧阳江河的看法，并且他提出了吉狄马加写作中由于多重身份导致的"内在的戏剧性"，以及他所产生的那种文明关系的"内在折叠"中的多重性，所导致的丰富性，等等，非常精彩。

刘文飞：拿到广西师大出版社寄来的这本书，第一个感觉就是厚重，封面设计就有一种立体感，觉得这不像是一本平面的书，像是一件雕塑，后来读了全书，更加强了我的这种感觉，一般的书，要么是诗集，要么是画册，要么是文集，这本书实际上是四位一体的，中间有诗，有画，有他自己的文章，还有外国诗人关于他的诗所写的东西。我觉得这本书好像构成一个四面体，四面体给我的感觉就像一座纪念碑，这本七百多页的大书像是给马加的创作立了一座丰碑。这是我的第一个感觉。

我们在很多场合都听到过这样的说法，说马加是"民族的诗人，世界的公民"。立陶宛诗人文茨洛瓦第一次来北京参加马加的一次研讨会，他做了一个发言，我现场做的翻译，他当时的发言题目就是《民族的诗人，世界的公民》，这位大诗人对马加诗人身份的定位很准确,他一眼就看到,马加诗歌中有一个大和小的对比和结合,好像本来不搭的两个东西,最后结合得很好。马加不是学外语出身的,但是他的诗中的国际性、世界性一点不比我们这些懂外语的人写出来的东西弱,这是一个很奇怪的现象。后来马加出了一版俄文版的诗集,俄罗斯诗人叶夫图申科写了一篇序言,序言的题目就叫《拥抱一切的诗歌》,这位大诗人也看出了马加诗歌中的这个特点,就是马加的诗歌是拥抱一切的,这种诗歌一定是宏观的,一定是温暖的,一定是简单的。作为一位彝族诗人,写他的故乡大凉山当然是他的优势,但是他并没有在诗中特别具体地、具象地写他身边的人和事,他家族的历史,他都是从很概括的、具有世界意义和人类意义的视角去写,这是我们读他的诗的一个非常重要的感觉,好像很多人都能不约而同地体会到这一点。

  读这本诗文集我最大的收获就是最后两百多页的这些文章。我记得马加跟我说过,他写的大会发言稿一般都是自己写的,有的时候是熬夜写的,我们能感觉到,这些文章的风格非常相似,无论是他在大会上的发言,还是他为文集写的序言,都是这样。我第一次把这些东西合到一块读了,觉得马加的诗歌创作后面是有一个理论支撑的,他已经形成了自己的诗歌观,我觉得这个诗歌观可以用他的一篇文章的题目来归纳,就是《总有人因为诗歌而幸福》。我读到这个题目非常感动。他自己在写诗中、在读外国诗中感觉到了一种温暖,他通过他的写作和他的讲话又把诗歌的温暖传达给了我们。我有三个具体的阅读感受:第一篇是《永远的普希金》,这是在纪念普希金两百周年诞辰大会上的讲话,发言写得很传统,也很激情,用了五个浪漫主义的排比句式:"我们说普希金是永远的普希金,那是因为……"如果当时的大会上有俄罗斯的大使和诗人在座的话,他们一定会被感动。大家不妨把马加的这篇《永远的普希金》和陀思妥耶夫斯基 1880 年在莫斯科普希金纪念碑落成典礼上的讲话对比着来读,我发现他们两人的讲话很接近,都谈到普希金的全人类性,普希金的温暖,这是让我们很感动的。第二篇是他悼念叶夫图申科的文章《一个对抗与缓和时代的诗歌巨人》，马加在文章中谈到了他跟叶夫图申科的交往，他写道他跟这位大诗人见面的时候，两个人的目光一对，彼此就感觉到"我们是这个地球上不多的同类"。这个细节特别温暖。最感动我的一篇文章，还是他在他母亲葬礼上的讲话。一位诗人怎么送别他的母亲，这个方式应该是特别的，马加的方式就是用诗歌送别他的母亲。他在讲话的最后朗诵了一段诗，其实，他的整篇发言也就是诗，其中让我特别感动的一段话是："这个世界上有许多悲痛，但还有哪一种悲痛比失去母亲更让人悲痛呢？没有，一定没有。因为只有母亲才是我们生命中从生到死的摇篮，无论是她还活着，或许已经离去，她的爱都会陪伴我们的一生。"

最后说一句，马加把诗歌的温暖给了我们，这种诗歌的温暖中间，有他对他母亲的爱，有他对他朋友的爱，有他对其他诗人的爱，更有他对诗歌的爱，对生活的爱。

张清华：马加的诗为什么能够广泛地走出汉语，走到不同民族的语言当中去，确实有一种非常重要的因素——他诗歌中特有的温暖，还有基于他的民族的那种信念，那种执着又非常本然的书写。我原来一直在想一个问题，马加的诗歌语言确乎有一种独特的东西，这种东西中有许多超越个体的、私人的情感与信念。想了很久，想出了一个词，叫作"寻找一种诗歌的世界语"，我不知道这个想法对不对，一般来说，我们都会极度关注我们的母语性，或者关注我们母语的当代性——当我使用汉语的时候，我竭尽所能要使用的，是在汉语里能够使用的那种极限与极致，是这样一种诉求，能不能达到则是另外一码事。但是马加相反，他有意识地"忽略"了汉语当中那些个性化和极致化的东西，他可能在寻找一种"通约性"，这是他大量阅读各国诗歌与各国诗人之间精神的交往所给他带来的一种反馈。当他写作的时候，他知道这样的语言能够更便捷、更广泛地被其他民族的诗人所理解，这可能是他一个内在的驱动。

邱华栋：这本书出得非常好，印得也很漂亮，祝贺广西师大出版社出这样一套非常好的书。吉狄马加先生这本书像一块大砖头一样放在我们眼前，外面寒风呼呼，SKP书店里边暖意融融、诗意盎然，我觉得特别好。在座有很多朋友，虽然戴着口罩，但是我都认出来了，大家为这样一本诗集的发布培育了一个特别好的气场。

我想说三句话：第一，这本诗集在我看来是一个诗人的精神性成长的历程。这本诗集的第一首诗叫《自画像》，大家仔细搜索一下，这是马加老师二十世纪八十年代初写的诗，我们算一下，到现在有四十年的时间了，这个诗集里的最后一首是《吉勒布特组诗》，从《自画像》到《吉勒布特组诗》，经历了四十年，我们看到诗人精神性的成长，他是怎么样长大变得更加丰富，高山上的一条小河变成长江直奔大海，这个过程非常美丽、惊心动魄、复杂。很多诗人停留于青春期的写作，停留于青年的写作，停留于早年天才般的写作，然后就夭折了，拜伦、雪莱很早就没有了。还有王者般的诗人，像歌德、聂鲁达，我觉得马加属于后者这样的诗人。通过这本诗集，我们得以看到一个诗人精神性的成长历程，我觉得是非常有福的。

第二，吉狄马加先生是一个不同的文化、不同的文明之间的跨栏者。他就像一匹矫健的骏马、一个运动员来回跨越和交流。在这本诗集里我们可以看到他跟不同的文明文化国家民族的大诗人都能形成一种对话关系，这非常难得。跟杰克·赫希曼、马雅可夫斯基这样已经去世的诗人完成对话关系，对话过程中诗歌本身完全可以翻译可以跨越的，诗人互相看一眼，即使不会对方的语言，但也知道他们是一类人。在吉狄马加这本诗集里面呈现了这样一个极其丰富的世所罕见的当代诗坛非常难见到的跨越的关系，它是跨越文明、跨越语言、跨越种族的，同时天下诗人又是一家，变成了这样一本诗集。

第三，我特别想提醒在座的朋友们注意，爱德华·萨义德写过一本书叫《晚期风格》，马加先生的诗有一种盛年风格。从十年前他写出的长诗《雪豹》开始，一直到去年的长诗《裂开的星球》，最近十年间他创作了一系列长诗、大诗、组诗，回应了当代人类社会面临的各种各样的问题，自然的、生态的、文明之间的、冲突与对话的，新冠肺炎造成了现在裂开的星球，空间物理上我们要隔绝，我们要戴口罩，等等，进入到一个盛年的高峰写作，而且这个写作并没有结束，正在进入攀越高峰的状态。在座的朋友们，我特别希望大家读起来，诗需要一个人待在一个房间里慢慢地读，阅读是一个非常复杂的心理过程，所以要从《雪豹》开始读到这本诗集的倒数第二首诗歌《裂开的星球》，把高山大河般的长诗、组诗连起来读，就会体会到马加的盛年创作和回应时代问题的能力，这是当代诗人中非常少见的。从《雪豹》到《献给妈妈的14行诗》《裂开的星球》，有十多组长诗、组诗，体现了盛年风格特别大的气象。

从个人精神性的成长到文明和文化的跨栏者，再到盛年风格，我们从这本书里就能阅读到一个诗人巨大的丰富性，他能够成为什么样的诗人以及他还会成为什么样的诗人，这本诗集都会给我们一个答案！

张清华：诗人写作的成长性和可持续性的问题，这非常重要，马加的诗歌写作一直坚持了一个有着文化身份自觉的写作者持续不断的进取；还有"文明的跨栏"，在不同的诗歌与文化文明中来回穿越，造成了他自己写作的广阔空间；还有"盛年风格"——这个概念的提出非常有意思，非常适合讨论马加诗歌的现象，这些年他确实有意识地在写作"大诗"，某种意义上可以说他在实践一个总体性诗人的理想，当然他也还在路上，我们现在不能说他已然就是一个总体性诗人了，但是感觉到他的诗歌写作中有强烈的自觉，这一点我认为是特别值得强调的。

安琪：吉狄马加老师的诗有一种久违的宏阔视野和大气象，所关注的题材、所选用的语汇，都与当下碎片化的写作拉开了距离。吉狄马加的写作更类似惠特曼、聂鲁达那一路，有为一片大陆、为一个民族、为当下世界发生的重大事件记录、书写、发表见解的自觉，保存着诗为万物代言的最初使命。二十世纪八十年代国门开放后，西学东渐，西方现代派纷涌而入，现代派基本是退回心灵，万物皆备于我。优点是充分挖掘出自我最深层的意识，正面的和负面的情绪，尤其是负面情绪，更为现代派推崇。死亡、阴暗、暴力、颓废，成为现代派的关键词，光明、美好变得不合时宜，这当然也是世界的真实。

但随之而来的对世界的不信任而导致的虚无主义一步步让诗人关闭了外界的大门，碎片化写作由此而生。诗人甚至已失去了和世界对话、交流的能力，所写无非一己之私。你不关心社会，社会当然也会抛弃你。这个时候我们反而需要"拨乱反正"，重新思考现代派以前的写作。当我们读《荷马史诗》，我们并不是读荷马这个人，而是读他所记录的特洛伊战争，以及战争中的人物。倘无《荷马史诗》，特洛伊战争就不可能留存下来，这是诗最初来到人类的理由——为当时的历史作传。吉狄马加坚持他对世界的信心、坚持他对人类文明自我修复能力的信心，他的诗因此有着一种昂扬的力量。

中坚
Major Force
Cao Tang

我的未来在传送带上（组诗）

◎杨 子

[时间像个势利的守门人]

时间像个势利的守门人，
放一拨人进去，
另一些拦在外边，
任他们苦苦哀求，
在冰天雪地里，
在太阳紫色的鞭影里。

[郊 区]

开往郊区的车上，
我看见麻雀迁徙。

它们要去一个没有名字，
没有酒店和银行的地方。

去石缝中觅食，
去狗尾巴草中过夜。

[一本最薄的书]

忙完手头的活儿,
我就可以休息了。
埋头苦干那么久,
写了那么多,
画去那么多,
等于什么都没干,
正如所有的浮云
和所有的青草。

一本薄得可怜的书,
精髓还是别人的。
埋头苦干那么久,
现在我终于明白,
主要的真理早已说出,
剩下的空间非常有限,
仅仅是用一把斧头
将影子的影子
砍成袖珍的风景。

[他不停地往回看]

他不停地往回看,
因为前边除了雾
什么也看不见。
他看见二叔白发苍苍
向他跑过来,
"你忘了带这个。"
原来是没写单位的工作证。
他看见二叔的眼睛泪汪汪,
就知道他已经太老。
他感到腿脚发软手心冒汗,
就知道自己也不再年轻。

[我的未来在传送带上]

夏天黑黢黢的腹股沟里,
发亮的虫子飞翔。

我的前半生已通过安检,
勇猛的队伍溃不成军。

我的未来在身边的传送带上——
东倒西歪的书柜和写字台,
还有一部掐头去尾的忏悔录!

[清白的大道]

急诊室里孩子们的哭喊,
楼上坏脾气木屐的敲打,
卡车的轰响牛蛙的聒噪,
刺耳的声音像灰尘飞扬,
落在我的灯芯绒外套上。

我的内心——
一条清白的大道,
没有男人的汗味和纸币的怪味,
没有女人与肥皂剧混合的甜腻。
一条通往世界的大道。
那些耀眼的路牌我已摘掉——
雅典,长安,
巴黎,上海,
苏格拉底,我去死你们活,
托尔斯泰,艺术有什么用?
资本主义,自己的掘墓人,
存在主义,头顶巨石漫游,
纳斯达克,足球彩票,
在一个不知庄家是谁的地方,

我喜欢停在路边，
看摊开的柜台上完成的干净的交易，
看藏在袖中的两个人的手暗中较劲。
我从伟大的废墟看到人的汗水，人的神奇，
就连蚂蚁的力量也不可小觑，
我从对着女人喁喁细语的男子身上看到我自己，
而女人清风般的爱抚和命运女神般的暴风骤雨
我也看在眼里，我知道这是所有人的命运。

我在人群中苦着脸，
我不喜欢仇恨，
无论这仇恨来自看门狗
还是我亲爱的同类。

这是我的声音，我的形象，
有时远超过我的躯体，
有时几乎是一粒尘埃。
望着美丽女人从身边走过，
我听见我发出轻轻的叹息——
这是不死的本能，
这是禁止的爱慕……

太多噪音在空气中飞，
我的肉身离幸福的本性
已经太远！

一个孩子在安静地玩耍（组诗）

◎沈天鸿

[回乡之夜]

灯光在月光的里面，影子
在我的外面
古老的黑暗在砖墙下
在夜鸟突然的叫声中——
树影晃了几下，地上
多了几片落叶

我能听见更多的黑暗
在田野上无穷无尽地奔跑
野树、庄稼都形同虚设
在被混沌掩盖的混乱中
遵循着
夜和梦的逻辑

这是我出生又离开的地方
是每个地点虚幻又虚幻的中心
只有我回来，它才变得真实：
极其平常，针尖大的
一个地方，正如
我们生活在针尖上

但这里的荆棘也懂得忧伤
欢笑在忧伤里面
泪水也在忧伤里面
今天夜里，黑暗在它自己的
黑暗中迷路了，而我
就站在这黑暗里面

[八月的田野]

农夫在观看他枯死的稻禾
微风吹动那叶子
仿佛它们还活着

肯定有一种哀伤
但蒸腾的是灼热的光
听不见的钟声，在敲十二下

这是奇特的夏天
雨和雷霆仿佛遗忘的话语
万物，包括天空
不知道怎样才能接近它

干旱席卷亚洲
但有的地方仍然洪水呼啸
那瘦骨伶仃的
是在任何地方都绝望的白鹭

仍有庄稼在顽强地生长
太阳整天追逐着它们，就像
在刀锋上闪耀

远处，一个孩子在安静地
玩耍。大地太辽阔了
任何声响，一发出就变成了寂静……

[走 动]

风吹过它不认识的东西
月亮，照耀它不知道之物
我穿过许多
与我共同存在的人和物
与风，与月亮
一起到达这里

"这里"是什么？
我知道又不知道，而"这里"
继续在向前推移
它仿佛有生命

有着石头一样不被看见
看见也不能辨认的脸

……童年，我跟着母亲
走在某处，直到现在
我才知道那时的野蓼气味强烈
荒无人烟的某处有着
疯狂的气焰
而我走着走着，就把母亲走丢了

母亲现在在另一个世界
我在这个世界，中间
万物俱寂。我继续走动
我经过的那么多时间和地点
都在我身后消失了
只有我，在黑暗的中心，也在
光明的中心

[灵魂和肉体]

灵魂和肉体当然是一体
但有时，灵魂冲出了
肉体的包围
找到了它一直寻找的地址

灵魂没有阴影，影子
追随肉体

拂晓，山在很远处逐渐出现
灵魂梦见了它
肉体和影子卧在一起
仿佛卧睡在深深的峡谷里

光在搜索。奇异又正常的是
光仅仅搜索到了肉体

◎ 何苾

享受宁静（组诗）

[一天]

月色在湖中痉挛，星空静止。
徘徊在湖边，凝视朦胧的水面，
企盼一朵浪花，或者鱼的一次跳动。

灯炷的影子伴着孤寂，脚印衰老。
裹着一道道微光，向窗口徐徐靠近，
听到梦的呼吸。那气息像小溪，
漫过凹凸的上岗，又如轻风，
摇曳柳枝的隐秘。

享受宁静，享受着自己的心跳。
心思重复着心思，垒成了诗，
把诗句交给黑夜，让梦诵读，
读沉了星星，读出来太阳。

一样的早晨，不一样的霜花，
他燃烧的生命，给灵魂两只火眼。
陨石的黑，青铜器的绿，银杏叶子的黄，
夕阳的红，正在涂抹黄昏的脸。

又是一个寂静的夜，他拾起落叶，
夹在冬的缝隙，标注春的页码。

[你的眼睛]

你的眼睛贴近音乐，音乐的一道裂缝，
看到了太阳的舞步。
你的眼睛里，有月亮的皓齿，有星星的朱唇，
有瀑布奔泻的喧嚣，有冰川屯集的宁静。
目光举起一道虹，举起一潭碧波，
一粒闪闪发光的心思。

你用眼睛思考着世界，
那时间的尽头，空间的边缘，
那影子的厚度，颜色的重量，
那赤道的脉动，大气层的呼吸，
还有那流星的脚印，日食的残渣，
都是你目光的求索。
你的眼睛，时而填满天空，时而掏空大海，
抑或是钻进一个黑洞，一条时空隧道，
抑或是捕捉夏天的一朵雪花，冬季的一只蜻蜓。

你眸子如锚，停泊阳光的港湾，
鸥鹭起起落落，风帆来来往往。
你把眼睛向内，掀开自己的心窝，
摇醒昔日的那个梦。于是，
你的目光，让另一双锈蚀的眼睛燃烧。

[来 年]

一个熟透的日子，
叩响了来年的大门。

来年的风姿，
犹如一缕轻云挠痒天空，
犹如一顷碧波摇晕大海，
又像一抹夕阳钻进黄昏，溅起满天星辰。
是的，来年的日子，
三百六十五个念想，
沉甸甸。

来年种下一粒梦，
收获每个早晨。
太阳的脚步，踏响晓月，踏响朝霞，
用寂静的喧嚣，融化一切孤独。
没有干打的一声雷，没有多余的一滴雨，
风有条不紊，阳光干干净净。

或许，来年的世界，
彩虹成为化石，祥云成为标本。

一缕阳光照进夜晚，
光明在增长。
一棵枯树冬天发芽，
温暖在成长。

[光 阴]

太阳清扫天空，一片明媚，像婴儿的笑。
粼粼波光，寂静延宕。亭子外，
一群野鸭浮在水面，悠哉游哉。

踮起脚尖，离天更近。
他想抓一把阳光，撒在世界的对岸，
让音乐成为流星雨，成为北极光。

触摸空气，让眼睛学习水，估测雪花到达的时间。
他拥抱灿烂的冬日，沸腾胸膛，
爆发青春，用血液歌唱，
一曲高山流水，一曲滚滚长江。

风慢慢后退，撤到喧嚣的尽头。
喧嚣的背面，藏着巨大的雪窝，
或许有凛凛的燃烧，或许有振翅的凤凰

打开夜幕，寻觅时间隧道，
他用爱点燃火焰，照亮脚下的路，
踏实每一寸光阴。

月光为黑暗中的事物赋形（组诗）

◎蒋 蓝

[手 汗]

激烈的时候
我怎么也抓不稳一把刀
我的头影趴在刀身生锈
血槽里的鱼眼
看我喘气，看我下落

我不能把力道输往刀尖
更不能从上面逼出一滴热泪
我躺下，带着成片的黑影
一起躺下来
死去多年的父亲
递给我一把骨灰
说："擦擦手汗！"

[提头来见]

蜀王的诛杀之令迅过雷霆
以至于武士的佩刀

总会慢一步

武士的另一只手
提着自己的头
他满脸歉疚，我自横刀向天哭

皱纹打开他脸上的章鱼
眼眦欲裂，泪雨滂沱
血往上涌，灌满了全部苍穹

蜀王目光如蜡，凝视迸碎的刀刃
他决定用目光焊合这一缺陷
刀光静美，宛如闺房之镜

武士双手一松
佩刀与头颅齐齐落地
人立不倒，是学习刑天的好榜样

锦江黄昏烛影摇红
蜀山水碧蜀山青
蜀王呵欠，道了一声："下去歇息吧！"

[我与空气跳了一曲基宗巴舞]

锦江的波纹和白鹭
把黑夜框进了弧形的边界
我站在一棵桂花树下
闻到了黑檀木的香气
在齐胸的位置浮动

月光为黑暗中的事物赋形
赋予出熟铜的头骨
赋予出缎子的肌肤
我的手在暗水里也塑造了
一段凸凹的黑腰肢

与空气跳一曲基宗巴舞
旋律是锦江的水声
以及水声之上丰满的唐朝
月儿弯弯俯照江楼
我在原地旋转看到了老虎的灯笼

杜甫也在锦江的船尾举杯
低头的朱自清在默诵昆明的钟声
画舫失踪了多年的水面上
桂花的雪纷披而下
我摸到了腰后别着的一把枪

[敢恨的人]

敢恨的人短命
像侠客要离的鱼肠剑那样
一头
洞穿三重铠甲
直没手柄
敢恨的人怒发冲冠
也可以纵目为神
甚至可能折断自己
成两把刀
但鉴于无柄
所以总伤手

[河边的动静]

鲜红的女人
从成都九眼桥的拱顶
像一只马灯一样飞掷而下
鲜红的女人溅起水花
水面打开，水无法合拢
一个男人也扎进花中

然后，嘴对嘴
开始人工呼吸

这感人的一幕，让我想起
那些从写作边缘踏空的人
他们不开花
他们的字回到了墨汁
云朵把他们的脚印擦拭干净
为了不留余地
他们用笔钉穿脑门
并企图在起跳的一瞬
撞塌天庭

[落 草]

一个人渴望落草
草上飞，水上漂
但倦于水草的生活
他就易死于非命

一个人渴望落草
以花为妻，以草为子
醉到后来往往面带菜色
命若飞蓬

一个人渴望落草
是渴望寻花问柳
返回尘世边际，他拍落肩头的草籽
和压寨夫人长发上的草茎

一个人渴望落草
身怀一把从未出鞘的锈刀
气喘吁吁，太阳穴高高鼓起
看上去像个好人

多年以后到墓园（组诗）

◎赵卫峰

[在转换]

季节的转换其实先由日历提醒
锅碗瓢盆如耳，椅子虚位以待
蒙尘的山水画在墙上
定格的花鸟鱼虫
你以为它们无动于衷
季节的转换，其实
像又一场缓慢得要命的灯光秀
雨洒脱，风伴奏，雪翩翩起舞
它们，都是天使
依旧不听人招呼，依旧
在又一场车轮战持久战之后
此起彼伏，相忘于江湖
现在你宽衣，像每一日，你转换
在镜中，在电梯，在地铁，在单位
在梦中，在田园，在公园，在墓园
你在人间已久，很多事，很多情
轻车熟路

[有时我也会祝愿]

沙漠的沙，沙滩的沙，居所不同
结局也异，像人，靠山吃山
沿海者，天天海鲜。曾记得
因了同名同姓，一位，看守所长
在遵义，联系过我，节假日，短讯
嗯，祝愿退休的他，安逸
后来网上搜索，同名同姓者也多
一位江苏医生，多职称，专治不孕
这似乎比疑难杂症全包的郎中可信

另一位在通缉中,不知下落如何
一粒沙,再怎么飞,终也得认命呢
还有一位,异性,东北女大学生
刚毕业,到海南,高远的轨迹
曾让大地图在我的脑海瞬间铺展
远方的他们,同名同姓的人们
在此,我都祝愿,就像祝愿自己
顺便也祝愿,沙漠的沙,沙滩的沙
虽然它们不可能相认,它们也不知
我是谁,我的祝愿有什么意思

[那些喜欢灵魂的]

那些喜欢皮囊的
都是可爱的人,至少
并非坏人,敌人和罪人
客观而言,我的身前
你的身后,各自排着长长的队伍
自古,顺时针移步
接受日月的检阅,和结论:
肉眼看不见的灵魂
肉眼寄生的皮囊
是与身俱在的亲戚。客观而言
我也曾暗暗努力,原地踏步
以在天下保持中立。前不见行人
后不见来者的情况,终未出现
如墙头小草迟疑的时候却常有
灵魂是什么,皮囊是什么,如今
我只初步明了,悲欣可以交集
鱼与熊掌能否一锅煮?这答案
渔夫,猎手,厨师,食客
和你我一样,一直答不出来

[诗或许也是这样的]

阳光罩着,伸懒腰的豹子
一心二用,热身,兼假寐,好样的
它已做到了不把无关的人放在眼里
饱暖的经验会让宠物逐日知道
再棒的猎手也会老而无用
什么看客都没懂它的饲养员重要
倘若换上月光,现场就会白花花的
可视性弱,艺术性强?
倘若远观,钢铁的栅栏就会显形
时间的锈迹谁计较呢?
倘若宏观,豹子做梦多年的公寓
约等于巴掌大的玩意,倘或近观
传统卧姿的豹子会体现可爱的局部
局部是否可爱,与局部其实无关
倘若航拍,一个叫作动物园的地方
就会是一团和气的巨幅山水画
这时豹子,约等于莫须有的名字
或者文字;所以说
距离决定有无,格局越大隐藏越多

[怀旧的人,因为旧过]

怀旧的人,多半旧过
比如中年浴室膨胀的皮囊
难免浮想,回首横七竖八的澡堂
因为,年轻过
因为在淋漓的春天坦陈过
在冒火的夏日躺平过
躺多了,真的不好
坐久了也不行

广场上闻声操练的老胳膊老腿
换个角度,就不难肯定
时间常以通俗易懂的节奏
配合有声有色的深秋
正如记忆常会不定期翻出
深一脚浅一脚的往昔:
一片落叶,曾让她暂停
又一片落叶,曾让她迟疑
一片片落叶,终究让她感到了乏力
她们,也许并非同一个人

[多年以后到墓园]

众碑林立,如山峦群起
如可以在内心换算的工艺品。在此
松柏忠于职守,鸟虫周日不休
常来常往者,还有朝花夕拾者
贩卖芬芳与新鲜,职业之一种
在此,可漫游,不宜高声语
车轮缓缓,风也不急不慢,如我
随身携带年龄赠予的和气
礼毕,可就地扫描一串串铭文
浏览一张张宛在的容颜
仿佛每个陌生人都与我相关
我其实是一个容易被爱情召唤的人
爱情,也像一种常绿常青的栖息地
不仅仅属于活着的人
在此,它是一间小小的卧室
在此,卧室紧挨卧室
陌生的名字,昼夜相互安慰彼此

大雅堂

Selected Poetry

Cao Tang

望江路诗章（组诗）

木叶

[烈风中]

裂开的

风中，露出小镇、河湾、林木和浆洗的妇人。大运尚待转折，麦田
盛开，稀稀落落；

南船与北马，盛开，起起伏伏。

它们构成行将过去的时代。烈风终有一枯。漕运萎缩，
运河中

大鱼和小鱼被鼓动着跃

出水面。
源于体内的惊慌，它们竞相飞入天上，跌落云中，得以观看

无穷种类的风。

[旧州县]

从运河深处浮出来的旧州县，绛红色，络绎相连

赶赴京城。
生活曾迁

稠如桐油，反复刷在州县寒碜的城墙上。

地方
特色，

有时候无非就是嫩豆腐、圆炊饼和赤黄的长鱼,

或淌出蟹黄的包子。
落日里,大运河拴住旧州县,络绎相连

递解往京城,

远看像一艘艘欲倾颓的船。
最终的辽阔,一如大运河的开凿,是自然的,也是人工的。

[芦草高过]
——致龙君、云君

高过河面的整片芦草,都是枯的。如果芦草的"命"当真高于人,
可以短暂"逸出",

待立春的雨水过后,

再缓缓返回,
那么刚才的高涨里,河边洼地中,我们三个人,一起站、走,

聊世间"抒情"的种种不易,

能算怎么一回事?
纵然众芦草辫子垂、腰肢闪,装出欢喜爱听的样子。

[午 后]

看似自由的舞蹈中,

几种金属的离子
正困于彼此间些微的厌倦,不能动弹。最下面

摆满制作出来的商品。很可惜交易的"时间"慢慢变暗,黄昏即将到来。

居中,横七竖八,芝麻,蚂蚁;蚂蚁,芝麻,

生活的小样（组诗）

姚彬

[母亲]

那几只小鸡的声音忽然暗了下来
以前争宠和争食的气象也暗了下来
和低矮的屋檐一样。小雨的天气持续了好多天

院坝外的榨菜长过了季节
太老了
曲着身子

父亲的脚肿得厉害
他吃力地一步一步挪动着
以前都没有这景象

而我什么也做不好
好久没回到乡村
没有什么理睬我

母亲病了
小鸡和榨菜是她的另一种病
我只是一个过客。比炊烟还轻

它们立起来，上下打孔，

想钻出这个下午。

[生活的小样]

不停地把水装满瓶子
又不停地把它放掉
直到他感觉
提取完生活的小样
然后砸碎所有瓶子
然后开始在玻璃里哭泣

[不可原谅]

襁褓中孩子不停地哭
年轻的妈妈很慌张
她不停地拿奶瓶、玩具熊、手机音乐
在孩子面前晃
哭声仍布满整个房间
妈妈慌忙中摔倒在地上
孩子停止了哭泣
妈妈眼里噙满泪水
——
"以前，我的母亲也是
用摔倒自己来哄我们的吗？"
过去的日子都不可原谅

[答案]

露台上新开的花
像我用过的词语
两三只蜜蜂拖着熟悉的发音
三四群蚂蚁来回穿梭
试着各种旁注
七岁的女儿，取下
头发上的花蝴蝶
黏着妈妈
和蝴蝶兰比漂亮

我用手指在女儿头发上抚摸
像蚂蚁那样穿梭
妈妈哼着儿歌
像蜜蜂那样辛勤
我们真心在寻找
女儿要的答案

表达（组诗）
麦豆

［谋生的噪音］

烦人的噪音
来自一只电锯

但它的源头
是我热爱的青草

［表达］

电锯声在窗外
往心里钻
但仔细一想
便觉得
被自己
误导颇深
人世间
哪有
什么电钻在响
那是一个
区别于我的人

在劳作
在表达

［区别］

太阳出来了
雨仍在下

父亲走出工棚
走进雨中继续干活

经验告诉他
雨不久就会停

但建造楼房
有别于种植玉米

［西瓜］

剖开的西瓜
已在刀下
被分成了两半
裸露出红色的瓜瓤

就像风一样轻
一个憔悴的女人
推着三轮车
在人群中走着

［洪水］

一个女人对着镜头
对着我们所有人在哭
她的年纪尚轻
离死亡还早

她哭得泣不成声
人们模糊听出
她的房子被洪水冲垮了
她的孩子还在房子里

大象睡美图（外一首）

梁尔源

在一群大象鼾睡的姿态中
好似又吮着了妈妈的乳房
回到洁净的创世纪
森林那么柔软
大象如此轻盈
月亮在揶揄中洒着清辉
远行的梦搁在人间的席梦思上
三头母象将小象怀在中央
那温馨的构思
让人间的锋芒都软了
那么厚重的甲骨文
可托起地球的江河日下
偌大一个世界
从南到北
又从北往西
长鼻挽着一个共同的愿景
不离不弃，繁衍生息
在无人机的裸谱中
地球村又有了混沌初开

[帽子像出头鸟]

帽子虽是一个传说

却总是一种诱惑
帽子像宝座
像坟塚
也像出头鸟
帽子是变色龙
经常伴随着春风
帽子是用来仰望的
有些人常揣有这种砝码
帽子会成为最后一根稻草
帽子无价，有时引来通膨
常在帽边站
一样能打湿鞋
帽子很难有准确的尺码
帽子下面不一定是人
帽子会猜拳行令
帽子后面也有黄雀
帽子捉摸不透
像魔术师手中的道具
我不再戴帽子
因为躲避了烈日、雨水和冰雹
撇清了佛光和彩霞

我感激命运
让我认出你（外一首）

朱涛

还能要求更多的引擎吗
轰响排污管截获的黎明
在胸膛宽阔的人行道上
叉开，你说

小男孩
别怪我
有什么合乎逻辑的生活?
都是接受命运的检阅
偷听漏洞蓄意隐藏的求欢
一份迟到的强加的赝品
你有亮得发烫的欢乐钢丝绳
有迅雷在握
准确无误的天气预报
而我仅有时间的雀斑
挑衅鸟笼干净的白皮肤
伪装成没有菜单的园丁
触摸手无寸铁眼睛中醒来的爱人
应该满足肥皂泡的庇护所
带给溺水过客签名的逗留
你的,我的
坟墓继承的共同的巅峰
当最后的结局来临
我感激命运让我认出你

[眼泪工厂]

眼泪的天花
宣告真眼泪的死亡

假眼泪比真眼泪更易贮藏
容得下尖锐物
且接受机床花样繁多的磨砺和翻新
无限接近艺术病毒的塔尖
输送流水线从一而终的免疫赝品

确保更有价值的装饰物供应
群星诞生了
相互束缚在宇宙的锁链中

南礼士路的春天（外一首）

陵少

我也想像那个中年男人一样
跳到花坛上，对着天空
尖叫，我也想像他那样
拿出手机，在新吐的蕊中
找到春天，我也想
从这些相似的枝干里，找出
崭新的词语，也想用
一片新芽，唤醒体内长久的沉默

……捧在他手中的玉兰花
已经衰败，但榆叶梅却开得正艳
迎春花，连翘和紫叶碧桃
这些羞答答的女子
从《聊斋》里走来，陪伴一个书生
在异乡度过了漫长的冬天

而在故乡，一个女子用颤抖的手
打开忍冬卷曲的叶子，在细微的心事里
她分明看到——
一个被春风
吹到了长安街上的少年

[夜憩潜江]

你的月亮，其实也是
张若虚和李白的月亮
他从天空落进义水河
落进虚拟的时空中

你捧着那团冰冷的火焰
在血色吞噬中慢慢冷静

看他变得
如星空一样澄静

你把他还给天空
跳跃中,他把你
还给雪花,还给柳树
还给小时候外曾祖母门前的河流

骡马托着小脚女人
从江汉平原结队而过
你坐在藏青色的瓦檐下
看见妻子也披着红色披风
从三百公里外的
义水河边,连夜赶来

她轻如雪片
你却在梦里,泪如雨下

傍晚篇(外一首)
于海棠

槭树在灰布
的幕景中静止而
描摹一种虚无,灰喜鹊在
水杉上鸣叫
像对人世的提醒
佩索阿说:
我们活过的刹那,前后皆是暗夜
未来是什么?我用白色羽毛笔记录而迷恋
四月末雨后的芬芳

一阵细雨接着一阵细雨
一阵芬芳推送一阵芬芳
万物喑哑如迷途
乱花迷人,不停地降落
我一阵接一阵的心跳,源于
还能想起
——
这人世的美德和永恒的秩序

[捡垃圾的老妇人]

我见过那个老妇人
在夕阳下
她颤抖的身影像飘忽不定的一片残絮

仿佛一个异物插在夏日美丽的街头
又像一个异乡人找不到回家的路
她说着含混不清的话
带着人世的苦难
两只沾满污垢的手在垃圾箱里不停翻捡
一根铁丝
一块碎布头
甚至一张废纸都让她欣喜若狂
好多次
我看到过她
我甚至想象我握过她枯纤如柴的老手
感觉我的眼泪无以支撑
有几次
我把废旧书本放在垃圾桶旁
有一次
我把一件洗干净的棉袄和一条围巾送给她
她啜喏着
满脸慈爱和无助
想说什么
又说不出的样子
仿佛一个不知所措的孩子

最初的石头（外一首）

毕福堂

起初　它就是一块
卑微的　灰头土脸的石头
春风擦拭它　夏雨滋润它
这大地上极不起眼的摆设
就成了和天上的星星一样漂亮的发光体
其实　九霄云外那些光怪陆离的星星
也是遥远星球上的一块块石头
只是一个遥不可及　一个伸手可触
太近了往往极易看走了眼
当然　林子之大什么鸟儿都有
在那些慧眼识珠的圣贤眼中
这些最初的石头
就是一首美妙的诗中
一个逗号　句号　甚至惊叹号
如果是一幅价值连城的画
当是画龙点睛的一笔

[登 高]

登上风光无限的巅峰
俯视几百米头晕目眩的谷底
心里发虚　腿肚打战　直到这时
才恋起低处的炊烟鸡啼
后悔不该踩着那么多的台阶
一路青云直上　爬这么高
此刻　要是做一只小小的蜻蜓
或是蚂蚱　甚至一片树叶
该有多好啊
在低处的民间　不会担心一脚踩空
即使有个闪失　那些厚厚的草甸
也会搭一座软软的桥

看来　还是脚下的方寸之地踩得踏实
像那一只一只的蚂蚁　一条一条的蚯蚓
低过了宝马的轮胎　豪宅的石狮
低得不能再低的时候
世界　就在自己脚下了

南海来信（外一首）

高作苦

南海来信，每个字都粘着鱼腥和小浪花

一定有一艘机帆船，"突突"响着
拖网有鱼，所谓的鱼米之乡

那些愿与生活和解的人，混迹于菜市
与太阳一同升起，随月色一道隐形

我渴望的来信，每个字都是一堵礁石
风从信纸飘起，经年累月拂我成林

差点儿忘了：一位水手偶遇中华白海豚
并不像闪电，反而像积雪消融

[从大海中提炼一些细节]

从沉船中，打捞你尘封的消息

多年前，路过的你
多年后，哭泣的我
拥有同一张憔悴的面容

浪淘沙，惊雷无痕
从涨潮中，提炼你弯曲的航线
退潮时，你卷走了人间千堆雪

那些射向你的箭镞，最终
被大海的苍茫所容纳

古往今来的浪花呀，今晚
我再也提炼不出大地的喘息

结籽的植物
参透人生（三首）

熊游坤

[过潼南]

进入万亩花海
你就携带了天地的光芒
琼江为你奔流
陈抟山起伏千年

小火车沿着太极图前进
道家思想之花沿途盛放
关于生命的本真
尘世颠沛过的诗人说
生，就是反复热爱美好

没有一朵花是被辜负的
它们拥挤于尘世
开一朵就打开一个世界

这片汹涌的海
能轻易打捞出农人的王国

会有一只蜜蜂引路
穿过粉墙黛瓦的画廊
觅到潼南的悠久，历史
在油菜花中一次次开落

那株结籽的植物
参透了人生

[立 秋]

草木战栗了一下
被吹皱的不止一池湖水
一株饱满的稻穗
让人不觉就低下了头

母亲在山坡上掰回玉米棒子，坪坝上晒谷粒
它们经过暴晒，沥干自身的水分
金色是个酱香的词
每一粒稻子里，都住着一个农夫

我还是小路上踢石子的少年
母亲喊一声幺儿
村口的树叶就由青转黄

[春 事]

梅花，垂丝海棠，石榴
代替我在这里饮雨水
做着开花结果的事

青砖，小巷
它让一树紫藤越过
扛犁的农人还没有归家

他允许麦苗长出青绿，碗豆花炸开一抹紫光

竹竿上有熏制的腊肉和风干的萝卜条
肩披汗巾的人不慌不忙
在街巷卖自家种的青菜
前门后院里，种春风

山丘，深深浅浅
是我，走出一串
绿色的韵脚

在地铁上

周南村

在地铁上
人挤人
突然想起《两个人的车站》
想起结尾处那一场大雪
他们在雪地里拉手风琴
我整个人都在电影里
好像就没这么挤了

车厢里开始飘雪花
覆盖在每个人的头上
我坐着
问站着的西西：
你看过吗？
《两个人的车站》

怀揣大雪走出地铁站
涌出的人流双鬓斑白
每个人都老了

西斜

温度

一天中走到了下午四点
一年中走到了九月秋凉
一生中，已是无力深爱的中年

阳光透过栅栏，无声地铺在阳台上
盆中的楠竹已失去了
往日的翠绿

我想告诉你，此刻时光静谧
我不想告诉你

我是一只倾斜的
悲伤的瓶子

填空题（组诗）

胡仁泽

[叫醒了失眠]

寒冬，凌晨四点五十分
是被什么叫醒，不是失眠
《随园食单》，不是看的
《道德与批判》，不是看的
一排书像脱去速度的列车，忍住了声音

[大地吐出翻卷的热啤]

八月的热不断推翻温度计
老旧的刻度，反复摁你在课桌
复印你落款的往日，嵌入
黄色的肉身，仿佛胎记
或有上帝来认领，雨替谁敲门

[时 间]

就是那个对你细语的人
就是那个对你怒号的人
就是那个对你破口大骂的人
就是那个对你缄默的人
时间，就是那个给你封口的人

[借时磨剑]

夏天或早上加一把脸上盐
冬天或晚上加一汪心头血
磨成剑的背面、侧面
无法回到李白的时代
针眼大过船舷

[填空题]

有人在简历中出填空题
写下左括号，写下出生年月
写下破折号，写下右括号
一生，像荡秋千
总有一次，荡不回来

在丰台,与一场黄昏对峙

程杨松

一场黄昏与丰台相互对峙
相互进入,又节节败退
院墙、疫情,还有一颗中年之心
将独自生活纵深围堵
轻微的雾霾渲染三月表情
一场雨水提前还给了云朵
风把熬过严冬的小草一一梳理
更远的地方,阳光
替我到达,帮我挪开阴影
这样的日子,除了时间慢慢抽离
没有什么重要的事情发生
天空渐渐暗下来
万物在此刻怀揣各自心事
节制的平静让我趋于沉默

这是可供慢慢挥霍的黄昏
也是柳树、杨树、槐树、榆树的黄昏
身体里有泥土的命、春天的命、轮回的命
他们都有各自的去处
只有我,是置身其中的旁观者
恰如某些存在是一些事物的
未知部分,或者深渊
一个甘陷其中的人,逐渐变得模糊
仿佛刚被黑暗收回
又被一盏灯火和盘托出
而寂静,早已带走了他的表达

——当他最终将盐分还给泪水
把失眠还给灯光
用未来勾兑剩余的陡峭生活

他会发现：继续的还在继续
消失的还在消失
未完成的还在慢慢等待之中

半个翅膀（三首）

依 凡

[半个翅膀]

10 点 55 分，南昌至银川的航班
靠近舷窗
机翼在我的左侧

起飞了
我轻轻打开，身体里右方的翅膀
我拥有这半个翅膀

天空那么蓝人间这么美
这一生，只有这半个翅膀

[雪 临]

我从远方赶来，一步步走近你
走近你原始的灵魂
把我的掌心贴在你绵延的脉搏上
风越来越大，暮色越来越深……

早已不是冬季了
你把世间的雪
拢在同样孤寂的
人间

[阿拉善，阿拉善]

公路真的很长
天空真的很大

所有的沙砾都曾是晶莹的泪珠
所有的沙漠都是梦想的海洋

开车离去时
我频频回望

就像电影里那些欲言又止的
长镜头

白色旅馆（外一首）

张牧宇

有那么一刻，在异乡
小而逼仄的房间里，忽然不能自控
伏在旅馆的床上

风穿过客堂
离开的旅人是训诫
我的停留像救赎

一个人
打开房间又关上房门
河水那么静，对岸点亮又熄灭的
是灯火，不是月光

[万物]

日历，悬挂的杯子，被翻过的书籍
紫砂壶，坐在桌角的玻璃花瓶
一线月光在窗帘缝隙间，打在字画
"万物"，两个字上

夜晚是宁静的，此刻
她起身，睡裙发出的细碎声音
惊到了她

她停下来
日历，悬挂的杯子，被翻过的书籍
紫砂壶，坐在桌角的玻璃花瓶
在缓缓呼吸

"万物"
是的。她心里的那个人
也是之一

家里的燕子（外一首）
蒲保杰

透过窗子，电线上有两只燕子
它们每天不停地建造房子
我知道它们什么也没有
除了爱情

[听雨]

我渴望一场雨
我喜欢看雨点落下汇成一条河
我又多么害怕雨
我多怕和你的交集只是像雨滴
那坠落的一瞬

一盏灯陪着父亲
王德才

父亲在世的时候
一盏灯
经常陪着父亲

父亲，手夹纸旱烟
守着一碗老红茶
慢慢地咂
提壶续水，小心翼翼
咂出轻微的响动
马上收住
灯在一旁也立刻掩嘴
不发出一点儿声音

那天，我翻个身
睁开蒙眬睡眼
看到父亲微笑着
心满意足地瞅着
躺在炕上熟睡的妻子儿女
随后，又咂了一口茶水
父亲静默不言，认真谛听
只有那盏灯
一直腾腾地亮着
仿佛是在絮絮叨叨地说着贴心话

日子

王国荣

与大白菜的结缘
是它给予你生活的粗纤维
与青菜的相爱
是它给予你深情的蛋白

菜市的日子呀
理想,不过是一勺维生素罢了
而哲学就隐匿在
土豆洁白的淀粉里

深秋的路

逍遥

深秋的路像单边桥,嵌在故乡的堰塘埂上
我的倒影和牛的倒影一样,被水纹吹皱
田野,在秋风中荒芜

王二婶又推着坐了残腿儿子的轮椅出来透气
秋天的路,又长远了一些
游在水上和堰塘埂上的风
撞歪了一棵正在翻垭口的树
鸟雀,惊飞

王二婶的儿子因打工致残
那是深秋,二十万元买了他的下半生
妻子趁着秋风卷钱走了
给他留下了这把轮椅,没有谜面

而这把轮椅,还能够在这深秋走多远

木纹

王富祥

劈开才可以看到树干深藏的心思
积攒多年的岁月,印痕忽明忽暗

打磨、上漆,将琴弦架于木座
随指尖拨动
心事侧漏。余音袅袅,往事一层一层展开
大兴安岭的林涛在耳边荡漾
黄河的组章滚烫,在视野里起伏
一阵微风,能听见木头深处卷起的那朵涟漪

木质的涟漪,暗藏时间的轨迹
禁不起抚琴人的反复拨弄

石斛兰

森森

书房里的石斛兰
开着粉红色的花,从夏天一直开到秋天
一朵接着一朵,从未停歇
它们在绿叶间亭亭玉立,白里透红
平日里嘟着嘴
风一来,就不停地摆动
仿佛多年前我们家的小姑娘
坐在地板上独自玩耍,偶尔会抬起头
冲我们咯咯笑

泊宁公寓楼下的王春霞诊所（外一首）

狄芦

十字架上打吊瓶，滴药静坐
细听这时间的脉搏，如沙漏受阻
病在深处——

吊完葡萄糖的瓶子，又灌进黑汤药
双管齐下。好妹妹啊，什么事
过不去，非得喝这敌敌畏一样的东西

——忧郁的眼神落在众目的空处
空处不空，空处的旋涡
就是心跳中捂不住的痛

[从山西铝制厂下水道逃回来的老爸]

危险的现场感，使人敛声屏气

铝水溅及，剧痛入身的瞬间
像水逝溶洞，先是"吼吼"一声，然后才是疼

——高温下培养的就是惊觉
你的反应要比疼快，他的口气有点儿像
超音速

当问到怎样逃出来的，父亲一笑而过
避而不谈，有一种独守的神秘：
过去的坎，都是救赎

子美
逸风

Traditional Poetry

陈鸿波诗选

◎陈鸿波

[雪中山茶]

久寂深埋没,宽心雪里红。
无缘沾玉露,有意识春风。
受冷堪相似,和阳大不同。
梅花应友爱,肝胆两交融。

[游武汉东湖牡丹园]

谁染倾城色?丹青画不夸。
新开金粉地,旧事帝王家。
西子疑无主,东风却有涯。
相争蜂与蝶,共惜路边花。

[山村小院闻桂花]

来从天竺寺,去向野人家。
粒粒明如粟,枝枝照似霞。
笼香新酿酒,舀月试煎茶。
静坐时光里,风吹一树花。

[秋夜咏桂花]

酒醉秋光满,花开万点金。
楼中谁解语?月下我知音。
夜暗无从叙,风高不可寻。
垂帘新秉烛,莫负伯牙琴。

刘斌诗词选

◎ 刘斌

[花间露]

映彩铺霞色拥墙,晶莹剔透几分凉。
风来摇落飘然去,梦寄花间泪亦香。

[芒 种]

熏风吹送枣花香,仲夏初来麦正黄。
沃野山川铺画卷,芬芳金浪涌诗行。

[紫藤花]

叶茂枝繁著锦花,绵绵绮梦涌流霞。
多情岂信春光老?紫气芬芳醉万家。

[鹧鸪天·《浮云集》编成感题(晏几道体)]

欲借东风难借春,宽怀怎慰二毛人?兰舟觅句天将晓,柳岸听莺酒半醺。　　寻雅趣,返童真,几曾鸡鹤可同群?浮华镜月东流水,一望虚空万里云。

[蝶恋花·祭爱妻(冯延巳体)]

吊影空房孤寂守。雨落春归,更锁伤心扣。只道夫妻同白首,苍天却拆鸳鸯偶。　　相约来生还执手。再续前缘,比翼双飞又。已历劫灰修更久,三生石证情依旧。

方矢诗选

◎ 方矢

[秋夜煎茶有怀]

青纱牖外叠烟楼,卧守长煎入病喉。
梦里吟歌归远岫,魂回不复见云洲。
秋风冻盏思狂药,暮雨徐疏裹重裘。
渺渺空留残雾处,哀哀未醉苦茶休。

[独坐江心亭]

君言亭下草,胜我转蓬身。
驻作中湄老,长嗟客世人。

[春日游九嶷山]

使雀传灵信,吾邀万顷陂。
鸥鸨休敢涉,赤草独葳蕤。
陋摆袺双箸,春泉灌玉卮。
天人垂两袖,神物溢凡池。
与坐粗坯碗,相呈玳瑁匙。
青牛驮远日,白鹤载云师。
贳尔须臾岁,须臾过眼驰。
罢靴依石憩,落帽醉容痴。
陷日西南向,吞光复晦时。
恍然乘月去,窅窅岂堪追。
彳亍嶷山傍,徘徊渌水知。
牧童无所畏,哑问友何迟?

[摇舟曲]

操舟弄楫云中伫,揽袖攀风觅玉津。
唯恐仙人不待我,遗方坐哺世间尘。